AF603842

Intraula

Realidades dentro de la sala de clases

Fernanda Olea Burgos

INTRAULA
Realidades dentro de la sala de clases

Editado por: Corporación Ígneo, S.A.C.
para su sello editorial Ediquid
José Olaya 169, ofic. 504, Miraflores. Lima, Perú
Primera edición, septiembre, 2024

ISBN: 978-612-5160-46-1
Tiraje: 50 ejemplares

Hecho el Depósito Legal en la Biblioteca Nacional del Perú N° 2024-08258
Se terminó de imprimir en septiembre del 2024 en:
ALEPH IMPRESIONES SRL
Jr. Risso Nro. 580 Lince, Lima

www.grupoigneo.com
Correo electrónico: contacto@grupoigneo.com | Teléfono: +51 955 071 270
Facebook: Grupo Ígneo | X: @editorialigneo | Instagram: @grupoigneo

Colección: Nuevas Voces

Contenido

Dedicado a

Cada uno de los estudiantes que a diario enfrentan la dureza de la vida y aun así luchan por cumplir sus sueños.

Mario, mi compañero de vida.

Emy, mi primera editora y diseñadora.

Mi familia, que siempre ha sido mi faro en la oscuridad.

Mi amiga Lily, con quien fuimos parte de tantas vivencias.

Todos quienes me instaron a contar estas historias.

La niña que quería ser princesa

Lo que cayó entre los abrojos, son los que han oído,
Pero a lo largo de su caminar son
ahogados por las preocupaciones,
las riquezas y los placeres de la vida,
y no llegan a la madurez.
Lucas 8:14

Belén siempre fue una estudiante destacada, responsable y, sobre todo, dulce. Lo que más llamaba la atención de ella era esa fijación que tenía con las princesas; su mundo era de color rosado, con brillos, y cada uno de sus cuadernos representaba a una de sus heroínas. Eso es normal cuando se está en los primeros años del nivel básico; sin embargo, ella estaba en segundo medio.

Aun así, era feliz en ese mundo de fantasías en el que un príncipe viene a rescatarla para llevarla al palacio que ha construido para ella, la sube a su corcel y se van galopando hacia el infinito. De esta manera, ella escapaba de su realidad: de esa casa pequeña y con filtraciones, de las peleas de sus papás cuando el presupuesto no alcanzaba, de la tristeza de su mamá, de las frustraciones de sus hermanos. Son sus princesas y sus estudios lo único que le daba fuerza para seguir adelante.

La llegada de Marcela al colegio causó un gran revuelo entre sus compañeros. Es una joven desinhibida y alegre, siempre arreglada como para una fiesta, con muchos conocidos y «redes de apoyo» (como ella misma les llamaba). Generó gran curiosidad en Belén esta chica, como sacada de sus revistas de moda, con zapatos de taco alto y ropa ceñida; le gustaba observarla e imaginarse cómo sería su vida, sus costumbres, su dormitorio, su casa. Fantaseaba con la amistad que podrían entablar, pero la miraba desde bambalinas, finalmente ella era una chica normal y Marcela no era el tipo de chica que se hace amiga de alguien tan común y corriente como Belén.

Fue en la clase de artes que debieron trabajar juntas por primera vez, pues Marcela llegó tarde y fue asignada a Belén. La alegre estudiante miró con expresión divertida al lugar vacío junto a su compañera y se dirigió hacia allá. Fue así como estas chicas tan distintas iniciaron una curiosa amistad, en un principio nadie creyó pertinente separarlas ni vio nada malo en esa incipiente amistad, al contrario, sus profesores pensaron que esta relación podría ayudar a Belén a explotar la personalidad y autoestima que dormían dentro de ella.

A medida que fue pasando el tiempo, Belén pudo observar que Marcela guardaba un secreto que no se atrevía a confesarle. Eran preguntas sin respuesta, las lágrimas que a veces corrían silenciosas por sus mejillas cubiertas de maquillaje.

Fue un día en que Marcela no llegó a la entrega de una tarea en la que habían trabajado con mucho entusiasmo, que Belén decidió ir hasta su casa a la salida del colegio. Le avisó a su hermano Fidel que no se iría con él, pues su amiga no respondía el teléfono y podía estar enferma, y se dio a la tarea de ir en búsqueda de la joven. Al llegar a la dirección, se encontró con lo que ella había imaginado: estaba al pie de un edificio de departamentos muy céntricos; en ese momentose preguntaba cómo alguien que vive en ese lugar estudia en un colegio como ese. Se anunció con el conserje y al no recibir respuesta del citófono, el pequeño hombrecito le indicó el ascensor para que subiera.

—Debe estar muy cansada la señorita —dijo el hombre con una disimulada sonrisa.

Belén notó el gesto, pero creyó que era su imaginación. Cuando se enfrentó a la puerta de color roble, tocó el timbre y esperó. Adentro reinaba el silencio; de pronto los sonidos sordos de unos pies arrastrados se dirigieron a la puerta. Desde el interior, la voz aterrada de Marcela le preguntaba qué hacía ahí.

—Estoy preocupada por ti, porque no llegaste al colegio. Ábreme —respondió Belén.

Marcela sabía que su amiga no se iría, decidió no seguir ese diálogo infructuoso y abrió la puerta. Adentro aún se podía sentir el olor a alcohol de distintos tipos y se dejaba ver una nube que cubría todo el *living*. La joven entró estupefacta ante este panorama; al mirar a la joven chica que estaba detrás de la puerta vio a su amiga en ropa interior y notó que ocultaba el rostro.

—¿Qué tienes? —preguntó, desconcertada.

Marcela con lentitud dejó ver que su ojo derecho estaba en tinta, y el labio inferior tenía un pequeño corte. Belén reaccionó aterrada:

—¿Qué te pasó? ¿Quién te hizo esto? Tenemos que ir a carabineros.

La chica, que ya había cerrado la puerta, no pudo ocultar una carcajada, que le recordó el corte del labio que ahora volvía a sangrar.

—¿Cómo se te ocurre, Belén? Estas cosas son así, a veces pasa —dijo Marcela y, recordando algo que la dejó sin aliento, le preguntó—: ¿Cómo llegaste hasta acá? Tenemos que irnos, no es seguro para ti que estés aquí.

Corriendo, se dirigió al interior, se vistió lo más rápido que pudo, tomó su cabello en una cola y se puso un *jockey* que le tapara el rostro. Jalando a su amiga por el brazo, la sacó de aquel lugar.

Caminaron en silencio un par de cuadras. Ninguna sabía con exactitud qué debían decir. Belén era un mar de dudas que necesitaba aclarar. De pronto, rompió el silencio y le preguntó qué era todo eso, qué había pasado, por qué habían salido así de su casa y quién no podía verla. Marcela se detuvo en seco y le aclaró que aquella no era su casa, prefería pensar que era su oficina; no quería que la gente con la que ella trabajaba la viera y lo que pasó fue que un cliente se había salido de control. Trató de alegrarla diciéndole que podría haber sido peor, iba a empezar a relatar algún suceso del pasado cuando Belén la interrumpió:

—¿Qué quieres decir con todo eso?

Marcela la miró serena y le dijo:

—Si quieres irte después de esto lo voy a entender. Esto soy, a esto me dedico. Me pagan bien y puedo mantenerme sin depender de mis papás. Soy dama de compañía.

Belén no podía dar crédito a lo que escuchaba. Ahora muchas actitudes de su amiga tenían sentido: su manera de relacionarse con sus compañeros, su ropa, su pelo, su siempre bien cuidado maquillaje. Solo le preguntó por qué no se lo había dicho antes. Marcela solo movió la cabeza y le hizo prometer que ese sería su secreto. Se abrazaron en silencio y no se necesitaron más palabras.

El hecho ocurrido en ese departamento afianzó aún más la amistad de las muchachas, hasta que una mañana, Marcela recibió una llamada que la dejó muy inquieta; su jefe, el hombre para el que ella trabajaba, quería agregar a sus filas «a la chicoca rubia que te fue a buscar al departamento el otro día». Esas palabras resonaban en sus sienes. ¿Cómo podía saber? Peor aún, ¿cómo se lo diría a su amiga? Ella sabía bien lo que esta vida significaba, así como también sabía que su amiga tenía una familia, como ella llamaba «decente». Jamás podría proponerle eso a Belén; por otra parte, también sabía que al jefe no se le podía decir que no sin pagar las consecuencias.

Llegó al colegio absorta en el dilema en el que se encontraba y por todos los medios posibles intentó escabullirse del lado de Belén. Fue a la hora de la salida en que se vio cercada por su amiga, quien le exigía saber qué era lo que estaba pasando.

—¿Es que ya no quieres ser mi amiga? —oyó decir a su espalda.

Al girarse, vio a su amiga al borde del llanto. En ella vio reflejada la inocencia y la pureza que sabía que su amiga tenía. La abrazó en silencio, como quien acurruca a un niño pequeño.

Caminaron por la avenida en dirección al centro sin decir nada. Fue Marcela quien rompió el silencio para pronunciar las palabras que más le dolían a ella:

—Él quiere que vayas al departamento para presentarte a un cliente.

Belén la miró sonrojada, inclinó el rostro y sollozó.

Al llegar a su casa, vio cómo su madre lloraba de nuevo. No alcanzaba la cuota del colectivo; tendrían que sacar plata de la cuenta para los estudios de Felipe. Su padre contaba las monedas sobre la mesa con una mezcla de frustración. Entró a su dormitorio, cerró la puerta y se recostó en su cama. Sus peluches eran los únicos testigos de todo lo que estaba sintiendo. De pronto, pensó: ¿y si accedía a la propuesta de Marcela?

Al día siguiente, abordó a su amiga y le dijo que quería conocer a ese hombre. Guardaba en su ingenuo corazón la esperanza de que podría controlarlo y decir que no si algo no le parecía apropiado. Seguía creyendo que podría salir de allí cuando lo quisiera. En vano Marcela intentó convencerla de que ese no era el camino, pero desconocía sus ocultas intenciones.

Al ingresar al departamento, un hombre alto y corpulento las esperaba. Se giró sobre sí mismo y sonrió. En esa sonrisa había algo que incomodó a la chica. Él indicó el pasillo y antes de que Marcela interviniera, le hizo una señal de silencio. Esta, mostrando absoluta sumisión, cayó y agachó la mirada. Belén lo miró y dijo:

—¿Quería que conversáramos? Aquí estoy.

El hombre lanzó una carcajada y, tomándola del hombro, la condujo hacia el pasillo.

Pasado un tiempo que para Marcela fue una eternidad, ella misma repasaba en su memoria aquel momento de su vida. El hombre apareció en el *living*, tomó plata y se la arrojó, indicándole que comprara ropa más adecuada. Era una novata y conseguirían un buen precio por ella. Tomando su chaqueta, salió fumando tranquilo del departamento.

Tirada en la cama, Belén sentía cómo todas sus ilusiones de princesas y cuentos de hadas se desvanecían a través de esa habitación, donde ella había entregado lo único preciado que sentía que tenía en su vida. No había sido para el amor de su vida, ni para aquel chico a quien siempre había amado en silencio desde el rincón de su sala. No fue vestida de blanco. Le dolía su cuerpo, pero más su alma. Ya nada era igual. Marcela entró a la habitación y sintió rabia al ver a su amiga ahí, iniciando una vida que no era para ella. Le habló oscamente y le indicó que era solo el inicio, que debían comprar ropa y estar listas para la tarde.

Sus profesores notamos que las ausencias a clases de Belén eran cada vez más recurrentes. En vano llamábamos a sus padres, pues ya no respondían el teléfono ni asistían a las citaciones. Felipe ingresó a la universidad como siempre había querido, y su padre dejó el colectivo para descansar y jubilarse con anticipación. Supimos que estaban ampliando la casa.

Un día entré a una farmacia y vi delante de mí a una rubia mujer, alta y erguida sobre unos enormes tacos de aguja. La falda negra de cuero que se ajustaba a su cintura capturaba la atención de dependientes y transeúntes. Cuando se giró para salir, su rostro se encontró de frente con el mío. Pude ver detrás de esas enormes pestañas postizas y esos labios rojos a una niña que soñaba con amores de cuentos de hadas, que tomaba sus apuntes escolares en cuadernos de princesas y algún día, cuando «fuera grande», saldría de ese sector para ser médico y ayudar a la gente a sentirse mejor.

Ella desvió la mirada y salió de la farmacia caminando a paso firme en una dirección que solo ella conocía. Atrás quedaba su profesora y con ella cualquier vestigio de lo que ella hubiera podido ser.

La chica del corsé

Pocos ven lo que somos,
pero todos ven lo que aparentamos.
Nicolás Maquiavelo

Cuando su madre la vio al nacer, supo que esta niña sería todo lo que ella soñó para sí. Desde ese momento, centró su vida en complacer hasta el último y más absurdo de sus caprichos. Por eso, a nadie de su círculo cercano le llamó la atención cuando, a los cuatro años, la niña se transformó en una pequeña muñeca rubia.

Sus profesores veían en esta exagerada complacencia una mala enseñanza, pues ella no sabía lo que era un no. Por eso, cada vez que algo no le gustaba de alguno de los colegios por los que deambuló, su madre simplemente la llevó a otro lugar donde la valoraran y no discriminaran su forma de ser.

Fue de esta forma que llegó a nuestro colegio. A simple vista, era diferente: su pelo rojo ardiente, sus enormes pestañas delineadas con mucho cuidado y pegadas una al lado de la otra como estacionamiento de mall en navidad, y su impresionante cintura. Cual abeja reina, se paseaba por los patios del colegio dejando boquiabiertos a sus compañeros y causando curiosidad entre sus profesores, quienes veían en la esbeltez de su figura a una persona que no calzaba con la edad de aquella estudiante de primero medio.

Era Valentina, una niña que se mostraba simpática con sus profesores, aunque solía tener episodios que los desconcertaban, como realizar gestos obscenos a sus compañeros o expresarse con palabras vulgares tanto hacia ellos como hacia sus compañeros. Eran esas cosas las que desconcertaban a todos por su actitud y comportamiento.

Aquel día, se le notaba molesta y estaba más inquieta de lo normal, moviéndose como una gata enjaulada. No lograron que dijera qué le molestaba. Al horario de salida, tenía su mochila lista y fue la primera en salir. Nadie sospechó que la razón era esperar a aquella que le había arrebatado la atención de su querido Nacho. Salió del recinto del colegio abriéndose paso entre los demás estudiantes y se perdió por la vereda rumbo hacia el centro. Al llegar a la esquina, giró a la derecha y su cuerpo se perdió de la vista de los demás jóvenes que salían de las aulas.

Aranza caminaba tranquila en dirección al paradero, en compañía de Matías, cuando fue interceptada por la espalda por Andrea y Camila. La verdad era que solo las ubicaba, nunca había cruzado palabra con ellas. La rodearon con los brazos y la arrojaron al suelo. Al girar la cabeza, el inconfundible rojo ardiente del cabello de Valentina se abalanzaba sobre ella y comenzaba a sacudirla de los cabellos con tal furia que algunos se desprendían del cuero cabelludo. En vano intentó zafarse de las manos que la aprisionaban, pues Camila y Andrea sabían muy bien lo que tenían que hacer. El dolor era insoportable, aun así, ella intentaba defenderse de sus agresoras.

Con todas sus fuerzas intentó empujar a Valentina, pero al hacerlo sus manos chocaron con una dura coraza que le cubría el pecho y el estómago. Cuando Valentina estuvo harta de jalarle los cabellos, ondeó triunfante un mechón que aún mantenía asido con la diestra y, burlándose de ella, los arrojó sobre el cuerpo extenuado y adolorido de Aranza, que ahora se hallaba en el piso. Benjamín soltó a Matías, quien corrió a consolar a su amiga. La tomó con mucho cuidado de los brazos y la puso de pie. Sus agresoras se habían marchado, no había motivos para seguir ahí.

Poniéndola de pie, la condujo al colegio donde sus profesores, impactados, rearmaron la historia en busca de sus agresores. El estado en el que la estudiante se encontraba era deplorable; sangraban tanto las piernas como su rostro, y el desorden de sus cabellos era la viva prueba de lo que había padecido en manos de aquellas jóvenes.

Cuando su madre llegó a buscarla, no pudo evitar estallar en llanto al ver a su pequeña en ese estado. La tomó con mucho cariño y se dirigió a poner la denuncia correspondiente; no podía dejar que eso quedara así.

Al día siguiente, Valentina fue citada al colegio en compañía de su madre. Una vez allí, no solo no le importó el testimonio de la víctima ni de las personas que fueron testigos mudos de la salvaje escena; ella simplemente negó las acusaciones que se le hacían, aduciendo que Valentina no hacía esas cosas. Ante la insistencia de la directora por conocer las razones que la llevaban a hacer dicha afirmación, la madre, muy segura de sí misma, dijo:

—Su corsé se lo impedía.

No soy un bicho raro... soy diferente

La diversidad en la familia humana
debería ser causa de amor y armonía,
como lo es en la música
donde diferentes notas se funden
logrando un acorde perfecto.
Abdul Baha

Este soy yo

Mi nombre es Gabriel. Las personas que me quieren me dicen, Gabrielito, Gabo, Gabito; para los demás soy Gabriel el tonto, el retrasado, eso cuando al menos me miran para hablar. Ellos creen que yo no los escucho, que no me doy cuenta. La verdad es que ya estoy acostumbrado. Al final, ellos no saben lo que pienso. Ellos no saben lo que yo pienso cuando los veo. No se imaginan la risa que me da cuando pienso en mi mente cómo es ser ellos, cuando los imagino en sus vidas comunes y corrientes, tan distintas de la mía. Ellos no ven los colores, no sienten cómo el viento roza sus caras, no saben lo que es sentir con todas las partes de tu cuerpo.

Hoy empiezo mi colegio nuevo. Mi mamá dice que acá va a ser diferente, que mis compañeros van a ser distintos... que me van a querer. Yo sé que eso no es así, pero no le digo nada porque sé que ella sufre al ver que soy diferente. Ella quisiera que yo fuera como mis hermanos y poder decir que «está por descansar cuando termine de estudiar», como se lo dice a sus amigas cuando van a la casa.

Las amigas de mi mamá me hacen cariño como si yo fuera un perrito (como el de mi abuelita). Piensan que no me doy cuenta, que les doy pena. No saben que yo soy feliz, pero a mi manera.

Me levantan temprano para ir al colegio. No sé si tengo ganas de conocer gente nueva, pero veo a mi mamá ilusionada y entonces no me resisto. Cuando llegamos a la puerta del colegio, escucho ese ruido que tanto me disgusta, el ruido del colegio —así le digo yo—. No sé si hay forma de llamar a ese ruido que tan solo hay en los colegios, ese ruido que se confunde entre gritos, risas y murmullos.

Entro al patio y miro a mi mamá, ella me hace chao con su mano mientras está llorando. No sé por qué me da rabia, si es porque llora por mí o porque yo no puedo llorar cuando tengo pena. Sigo caminando y Rayén, mi hermana, me dice: «¡Dile chao a mamá, Gabriel!». Mi hermana es muy pesada, siempre me reta. Creo que es porque mi mamá no le presta mucha atención, ya que está pendiente de mí (eso escuché un día que le decía a una amiga), o tal vez porque le toca cuidarme ahora que me cambié a su colegio. No lo sé.

Me paran en una fila y me dicen que es la de mi curso. Todos me hablan despacito como si no entendiera y me miran con cara de tristeza. Eso es muy incómodo. Toca el timbre y veo en la misma fila de mi curso a Vane. Ella era mi compañera en el otro colegio. Me da alegría porque ella es linda y me trata con respeto y cariño.

Cuando entramos a la sala, veo que somos muchos y la sala no es muy grande. Me voy a sentar al final, no quiero sentarme con nadie. Desde atrás todo se ve muy divertido, así que me pongo a dibujar en mi cuaderno.

La profesora jefa me mira como si fuera un bicho raro. Creo que no me quiere en su curso, y en todo caso yo tampoco quiero estar aquí. Me pide que le preste atención y que la mire cuando habla. Me cruzo de brazos y la miro, de repente la veo flotar por la sala y de su espalda le empiezan a salir unas alitas muy chiquitas al principio, luego grandes. Una brisa suave toma sus alas y la lleva volando al patio, directo hacia el gato que está tomando sol en el techo del comedor. Cuando el gato empieza a jugar con sus alitas, escucho a lo lejos una voz que dice:

—¡Gabriel, le estoy hablando, présteme atención!

Es la profesora. Toca el timbre.

En el recreo me acerco a mi amiga Vanesa para saludarla. Ella sigue siendo muy simpática conmigo y me dice que me tengo que portar bien. No me molesta que ella me hable como si yo fuera un niño chico, no como cuando me habla Rayén, porque ella sí es pesadita conmigo.

Me molesta la mascarilla y me quiero ir a mi casa. Estoy aburrido, el día ha sido súperfome y mi mamá no me dejó traer el celular porque dice que me pongo a jugar en clases, pero ella no sabe que lo hago porque al menos en mi juego nadie me mira raro.

Cuando entramos a la otra hora de clases, se presenta un profesor. No le entendí muy bien lo que dijo porque habla muy rápido y además tengo unos compañeros que estuvieron riéndose y hablando toda la hora, pero muy bajito, entonces nadie se dio cuenta. Yo, desde atrás, puedo ver todo: cómo comen escondidos y cómo se mandan mensajes por celular durante las clases. Soy como un espía que puede ver todo lo que pasa y que nadie ve.

En las otras horas, solo dormí apoyado en la mesa. A nadie le importa, nadie me vio y no me dijeron nada. Cuando me junté con mi hermana para irme, tuve que escuchar toda la conversación con sus amigas y el pelambre sobre sus compañeras nuevas. A veces pienso que hablan puras tonterías, pero no le digo nada porque ella le va a decir a mi mamá y me van a retar.

Cuando llego a casa, mamá nos está esperando y me pregunta qué me parece el colegio y cómo son mis compañeros. La verdad es que no sé por qué le digo la verdad; la veo muy triste y me dice que tengo que ponerle empeño, que debo esforzarme y un montón de cosas más. Le pregunto si puedo irme a mi habitación y mi hermana se mete y empieza a decirme que a mí no me importa lo que le pase a mamá. Entonces le grito muy fuerte y le digo que no se meta, que a ella no le tiene que importar, y me voy a mi pieza. Me siento en mi cama y boto la cabecera y la mochila. No puedo decirle a Rayén que sí me importa lo que pase con mamá, porque cuando la veo triste me da una cosa muy rara en el pecho y me duele fuerte, como cuando uno se cae y se pela las rodillas. No sé qué es eso, pero se siente muy feo.

Después de un rato, mamá vino y me dio un abrazo. No me gusta que la gente me toque, pero cuando siento ese dolor y mamá me toca el pelo o me abraza, siento como que mi corazón se cura. Le prometí que iba a intentar ser diferente para que ella esté contenta, aunque la verdad no sé cómo lo voy a hacer.

Seguro van a llamar a mamá porque no quise sacar el cuaderno. Me dieron muchas ganas de gritarle a la profesora, en cambio la miré fijo y no le dije nada. Después hice una marca en la pared con un lápiz, como eso que dijeron en la iglesia de los clavos en la puerta, no me acuerdo muy bien cómo era, pero hice eso; cada marca es cada vez que estoy enojado y aburrido.

Camino por el patio del colegio y miro a los otros alumnos. Son todos distintos, y entonces me pregunto si también los profesores los miran cuando van a clases, o si a mis compañeros también les da risa estos otros niños. Hay algunos que usan el pelo de colores o niñas que se maquillan con rayas muy extrañas, pero parece que a nadie más le llama la atención.

Durante la hora de clases, tuvimos que hacer un trabajo en equipos. Nadie quiere trabajar conmigo, y creen que no me doy cuenta de que se miran entre ellos cuando el profesor me dijo que me una a ese grupo. Después, Vanesa preguntó si quería irme a trabajar con ella y sus amigas. Yo pensé que sí, porque al menos ella me entiende y me trata con cariño. A las otras niñas no les gustó, y al final una se me acercó y me dijo que la próxima vez no me uniera a ellas porque era una carga. La verdad no entendí por qué dijo eso, si ella nunca me ha tomado en brazos.

¡Por fin ya tenemos que irnos! No quiero seguir viniendo a este colegio.

Al llegar a mi casa, mamá está esperando que le cuente cómo estoy y cómo fue. Yo solo quiero ir a mi pieza a jugar con Pelusa. Ella me entiende y solo se me acerca con su ronroneo. Es como si hiciera música cuando ronronea. Es linda. ¿Cómo lo hace?

Escucho a mi mamá hablando por teléfono con la profesora y poniendo esa voz de cuando le dicen cosas malas de mí. Entra a mi pieza y se sienta en la cama. Me dice:

—Gabito, ¿qué pasó? —mientras la veo hablar.

Mi cabeza se va a otra parte, me la imagino contenta el día que se casó con papá, entrando a la iglesia del brazo de mi abuelo. Ella tiene una sonrisa grande, como en la foto del *living*.

Después, embarazada de mi hermana y muy feliz cuando ella nació y fue creciendo. Verla bonita y alegre, a «su niña», como ella le dice, y muy orgullosa (aunque no sé muy lo que significa) cuando salió del kínder y se licenció. Me gusta imaginármela contenta al saber que estaba embarazada de mí y cuando yo nací. Me la imagino contenta hasta que aprendí a caminar, hasta que se dio cuenta de que yo no era como mi hermana, que tal vez nunca iba a poder «descansar» como les dice a sus amigas. Siento que se me aprieta el pecho.

¿Qué habrá pensado mi mami cuando mis ojos dejaron de mirar los suyos, cuando se dio cuenta de que yo no jugaba con los otros niños en la plaza, que no aprendí a leer en el kínder como los demás niños, cuando empezó a sentir que no le decía que la quería o que no le daba besos, cuando entendió que tal vez nunca tenga nietos de mi parte, como sus amigas, o simplemente que yo soy diferente? Esas cosas pienso cuando la veo hablarme. Mi mamá se da cuenta de que no la estoy escuchando y toma mi cabeza para acercarla a su pecho, siento ese olor a mamá tan único que ella tiene. Suspira profundo y dice:

—Mi Gabo, mi niño —me da un beso en la frente y sale de la pieza.

Me hubiera gustado gritarle antes de que saliera: «¡Te quiero mamá! ¡Voy a cambiar! Quiero ser un niño como todos los demás», pero no pude, no me salen las palabras cuando quiero decir esas cosas. No es porque no las sienta, es porque yo me siento diferente.

De repente la Pelusa llega a mi lado y se acuesta en mis piernas, siento el calorcito de su cuerpo en mis piernas heladas, el motorcito de su cuerpo me hace cosquillas. Cada vez que siento este dolor en el pecho, ella se me acerca y me acaricia, me mira con sus ojos café verdosos y maúlla, le gusta que le ponga la mano entre las orejas y se refriega. A mí también me gusta porque me hace olvidarme de lo que estaba pensando.

Escucho que mi hermana le pregunta a mamá «¿qué hice ahora?» (es una metiche). Ella solo le responde que debe tener paciencia conmigo, que el cambio ha sido muy grande para mí y que debo acostumbrarme de a poco, que ella sabe que lo voy a lograr, no entiendo cómo lo sabe. Mi hermana suspira fuerte y se sienta en una silla de la cocina, le dice que ella tiene miedo de que no me acepten y de que no me acostumbre nunca, la veo que se pone a llorar, es la primera vez que escucho a la Rayén decir esas cosas por mí.

Se siente bonito que las personas que viven con uno lo quieran así, tampoco la quiero ver triste, aunque a veces sea pesada conmigo, me dan ganas de ir a abrazarla, pero no lo hago cuando pienso en esas cosas es como que mis pies se quedaran pegados al piso y no los puedo mover, como cuando quiero abrazar a mi mami, es como si las manos me pesaran mucho y no pudiera levantarlas, cuando pasa eso me da rabia porque no tiene nada de raro que la gente se abrace, pero yo no puedo y no sé por qué.

Lo único que siempre puedo hacer es botar las cosas cuando me enojo o gritar, por eso la gente me mira cuando me pasan esas cosas en la calle o en el supermercado. Yo no sé si esto se podrá curar, no creo porque si no, mi mamá ya me habría dado un jarabe para hacerme normal, ella todo lo arregla con jarabe o mi abuelita con esos tés amargos que prepara y que huelen muy feo.

Esa profesora

Hoy no quería ir al colegio, no me gusta que me vayan a buscar y me lleven a esa sala chiquita de al frente, porque cuando me llaman desde la puerta mis compañeros se ríen y me miran, yo sé lo que piensan «ahí se lo llevan al rarito». Le digo a la señorita que no quiero ir con ella y vuelvo a mi lugar, la profesora me fue a buscar y trató de convencerme, después me dijo que iba a llamar a mi mamá y al final que iban a ir a buscar a la Rayén, de todas maneras, no fui.

En el recreo, la Rayén me retó, me dijo que yo no puedo hacer lo que quiera y que no me mando solo, me enojé porque atrás de mi hermana estaba Vanesa y escuchó todo lo que me dijo, también algunos de mis compañeros, pero ellos no me importan.

Cuando tocó el timbre, entró la profesora, no la había visto los primeros días, se presentó, pero yo estaba tirado en la mesa todavía tenía rabia. Ella se acercó y me dijo que tenía que trabajar, yo no la tomé en cuenta, la vi que se dio la vuelta y se fue… como todos los demás. De repente, cuando estaba adelante, escuché que me dijo muy fuerte:

—¡Gabriel, ya no es hora de estar durmiendo!

Me senté del puro susto. Nunca nadie me había gritado, además recién se había ido de mi puesto. ¿Por qué no me repitió al lado mío? Me paré molesto y fui a reclamarle porque me gritó, pero entonces me miró fijamente con sus ojos grandes y negros y me dijo que no hay tratos especiales en la sala, todos los estudiantes son iguales y todos deben trabajar. Lo que me dijo me sorprendió, entonces no le reclamé nada y me fui a sentar.

Estuve mirándola toda la hora de clases, trabajé un poco y fui a ver mi cuarto. Me dijo que estaba bien lo que había hecho y que siguiera así. No entiendo sus chistes, creo que es porque es muy fome, pero me gustó lo que dijo:

—Todos los estudiantes son iguales.

Aunque no me gustó mucho lo de trabajar, pero sus ojos negros me vieron igual que a todos mis compañeros. Cuando volvimos a tener clases con ella, se fue a sentar a mi puesto. Me preguntó cómo estaba y qué estaba haciendo, si entendía la tarea. Yo estaba esperando a que se diera cuenta de que soy distinto, pero nunca lo notó. Me revisó el cuaderno y cuando yo me puse a opinar sobre lo que ella hablaba, me dijo que tengo que esperar a que quien habla termine y no estar interrumpiendo a cada rato. Me molestó, pero también me hizo sentir bien porque les dijo lo mismo a otros niños. Creo que ella también es diferente.

Con ella podemos hablar y contar historias. Me hizo dibujar un afiche y después tuve que explicarlo. Yo no quería, pero cuando me mira fijamente me da un poco de miedo. Pienso que sus ojos son los de un cuervo que te observa con firmeza y no sabes qué es lo que va a hacer, entonces mejor le expliqué mi trabajo. Cuando terminé, me felicitó y me puso un timbrecito en la hoja. Me dijo que debo continuar así. Le voy a contar a mi mamá cuando llegue a casa.

Pelusa no te vayas

Cuando llego a casa, mi mamá está muy triste. Me dice que la Pelusa está enferma y que el veterinario dijo que no se va a sanar, que hay que dormirla. Yo no entiendo cuál es el problema de que se vaya a dormir; cuando yo estoy enfermo, mi abuela me acuesta y me dice que «las enfermedades se sanan durmiendo». Por eso, no entiendo cuál es el problema de que la Pelusa duerma, pero Rayen está llorando. Mi mamá me dice que tengo que despedirme de la Pelusa antes de que la lleven al veterinario, porque no va a volver más, que le diga todo lo que siento. Yo no creo que eso sirva; no sé si un gato puede entender todo lo que yo siento.

La tomo de su guatita y la acuesto en mis piernas, se queda tranquilita y siento como que mis piernas tiemblan. Le hago cariño entre sus orejas y la veo que se queda tranquilita, cuando me mira fijamente veo que tiene sus ojos tristes, tiene la misma cara que me veo en el espejo cuando no le puedo decir a mi mamá que la quiero y que me voy a portar bien, que es todo para mí, pero siempre esas palabras se quedan atoradas en la garganta y pongo esa cara, la misma que ahora tiene la Pelusa.

Cuando mi mamá sale de la casa con la Pelusa en una cajita, siento como un vacío, como cuando uno tiene mucha hambre, pero no en la guata, sino en el pecho. Me voy a mi pieza, cierro la puerta y tengo rabia, estoy enojado con ese veterinario que no pudo sanar a la Pelusa para que no tuviera que dormir en la clínica y de los médicos que me atienden a mí porque no me pueden curar, me duele mucho el pecho. Miro encima de la cama y no está la Pelusa, ¿a quién le voy a hacer cariños ahora? ¿Quién me va a hacer música en las piernas para que se vaya el dolor? ¿Qué voy a hacer ahora que ya no está mi amiga? La única que me entiende, que no me hace preguntas y que no me hace enojar.

Nunca lo había pensado así, pero la Pelusa era para mí como las amigas de mi hermana que vienen a verla, se sientan en la cama, la escuchan y se ríen de lo que dicen. La Pelusa era mi amiga y nunca voy a volver a verla. Debí decirle que no quería que se la llevaran, que la quería y que me va a hacer falta, que cuando me enojo es la única que me hace sentir bien sin decirme nada. Tal vez debí decirle que la voy a extrañar.

El cuento

Hoy desperté pensando en la Pelusa, sentí que estaba acostadita a mi lado, puse mi mano muy rápido antes de que se fuera, pero no estaba. Mi mamá me fue a levantar y mi hermana dijo que estoy de malas porque cuando me habló no le contesté nada. No tengo ganas de hablar, solo quiero volver a acostarme y buscar a la Pelusa, aunque sea en mis sueños.

Cuando llego al colegio, quiero contarle a Vanesa lo que le pasó a mi gata, pero no está. El profesor de Religión nos habla de que Dios es vida eterna y que quienes creen en Él nunca mueren. Yo no sé si la Pelusa creería en Dios; nunca se lo pregunté. Uno no se preocupa de preguntarle esas cosas a los amigos y ahora veo que son importantes. Saco mi colación y me la como mientras una compañera se maquilla en clase y otros juegan con el teléfono.

La profesora de los ojos negros llega a la sala después del recreo y nos dice que nos tiene una tarea muy entretenida: escribir una historia. Escribe un montón de palabras raras en la pizarra. Pienso que podría escribir sobre la Pelusa y decido preguntarle. Ella me dice que, si para mí es importante, lo escriba, pero que tengo que mostrarle después todo lo que escriba porque ella quiere leerlo. Estoy de acuerdo, pero no sé cómo empezar. Después de pensar mucho rato, se me ocurre una idea:

> *Pelusa es mi amiga, ella es la única que me entiende y no me reclama cuando estoy enojado. Creo que me quiere un poco, aunque no me lo dice, tal vez porque ella es diferente como yo y le duele el pecho cuando tiene que decir lo que siente. Yo creo que es así porque cuando me quiere abrazar se le cae todo el cuerpo, como cuando yo quiero abrazar a mi mamá y se me quedan los brazos pesados.*
>
> *Ayer la Pelusa se fue de la casa y parece que no va a volver más. Resulta que su cama no le gustaba y decidió irse a dormir a la cama que le hizo el doctor porque estaba enfermita y solo si dormía muy cómoda se iba a poder sanar. Llegó a la casa casi conmigo y también era muy chiquita, peludita negra con blanco. Tiene unos lindos ojos verdes con café.*
>
> *Corría a recibirme a la puerta cuando yo llegaba del colegio y se comía mi comida debajo de la mesa cuando mi mamá me daba huevo (ella sabe que no me gusta el huevo, pero igual*

me da). También corría a esconder la lechuga y todas esas cosas verdes que mi mamá cocina de repente. No sé qué voy a hacer ahora que la Pelusa se fue, pero el huevo ni las hojas verdes me las voy a comer. Espero que donde esté la Pelusa la cuiden mucho y la dejen dormir para que se sane pronto.

Cuando terminé, le llevé mi cuaderno a la profesora. Ella lo leyó muy callada y cuando terminó me miró con sus ojos negros, pero no me dieron miedo. Me miraron como me mira mi mamá cuando me va a dar un beso en la frente. Me dijo que le había gustado mi cuento, que estaba muy bien y que si quería podía dibujar a la Pelusa, pero yo le dije que los gatos son muy difíciles de hacer. Entonces, me firmó el cuaderno y me mandó a sentar. A veces me gusta esta clase, lo que no me gusta es usar esta mascarilla.

Estoy muy enojado porque la profesora de los ojos negros no vino. Ya han pasado muchos días y no entiendo qué pasa. Le pregunté a la otra persona que vino, pero me mandó a sentarme y no respondió nada.

Ya no me gusta la clase de lenguaje. Han ido otras personas y no la profesora de los ojos negros. Me da una cosa rara, porque me gusta escuchar las tonterías que habla y porque me habla como a mis compañeros, como a un niño normal.

La sala es un completo desastre, mis compañeros se pasean y gritan, me molestan mucho los gritos. Las chicas se pintan y escuchan música, la profesora les habla adelante, pero no la escuchan. Eso también me molesta. Empiezo a caminar por la sala, de repente todos se quedan callados. Cuando me doy vuelta, la veo. Ahí está parada en la puerta con sus enormes ojos negros. Solo nos miró y todos se sentaron y aplaudieron que llegara. Parece que todos querían que volviera.

Me acerco hasta ella y le digo:

—¿Por qué no viniste en tanto tiempo?

Ella me responde con una enorme carcajada, me pone la mano en el hombro y me dice:

—Gabo, yo también te extrañé.

Solo recuerdos

Incluso sabiendo que un día la vida termina,
nunca estamos preparados
para perder a alguien.
Nicholas Sparks

Aquella primera vez, observó con atención cómo el humo de su pito entre los dedos dibujaba siluetas en el aire, sonrió y con la mano izquierda emuló su viaje.

De eso hacía ya mucho tiempo cuando su madre tomó su cara en sus manos, con la voz entrecortada por el llanto y mirándolo a los ojos, le dijo que ya no quería seguir sufriendo por él, que se fuera de su lado y la olvidara para siempre. Ella bajó la mirada, limpió su rostro y, disculpándose con quienes se hallaban presenciando la escena, se fue rumbo a la puerta que se cerró detrás de ella.

El joven veía impávido cómo la silueta de su madre se escurría a través del vidrio empavonado, como el humo de su primer pito aquella tarde de abril.

Carrumba

La carrumba es un arbusto espinoso de crecimiento denso, introducido al país con fines establecidos, creció desbordadamente, transformándose en una maleza sin control ni plagas naturales. La única forma de eliminarla es quemarla o arrancarla de raíz.

Cuando pienso en Daniel, recuerdo la carrumba.

Daniel era un joven inquieto, alegre y fuerte; se veía en él la capacidad para soportar cualquier dificultad. Aquel día su madre no llegaría temprano y, camino de su casa, se encontró con aquel amigo de infancia, el chico de barrio con el que soñaban ser futbolistas hace ahora cosa de 10 u 11 años. La alegría del retorno no se hizo esperar; Daniel había escuchado que estaba en la sombra, pero siempre se negó a creerlo. Luego de un rato de conversación, Lucas le invitó a saludar a sus «compadres» que lo esperaban en la otra esquina. Daniel sabía que a su madre no le gustaban esos chicos, pero no vio nada de malo en ir un rato para allá.

Lo que pasó después de ese encuentro es historia sabida. Se sintió integrado y, por primera vez, sus problemas, preocupaciones y rabias dejaron de existir. Fue como si se hubieran evaporado, tal como el humo de aquel rollito de papel y hierba que sujetaba en sus manos. Fue ese el primer paso hacia una vorágine que lo capturó y lo envolvió como un torbellino.

Su humor comenzó a cambiar; también se fue desvaneciendo su alegría y sus ganas de jugar a la pelota. Quienes eran sus amigos de colegio empezaron a alejarse de este nuevo ser. Su aspecto también fue cambiando: era torpe en sus movimientos, grosero casi vulgar en su forma de expresarse, y su vestimenta parecía salida de algún suburbio. Sus malos modos lo hicieron acreedor de llamadas de atención, citaciones de apoderados y suspensiones.

Uno a uno, todos aquellos que alguna vez le defendieron fueron dándole la espalda. Fue cayendo en un abismo del que cada vez le costaría más salir.

Ese año no pudo repetir la hazaña del año anterior y debió repetir de curso. Aquello fue un golpe a su ego y provocó que al año siguiente volviera más desatado, irreverente e insolente.

Cada vez que llamaban a su madre, esta daba mayores muestras de cansancio. Ya no le quedaban fuerzas ni artimañas para controlar a su hijo, y se negaba a ver la verdad: su hijo era un adicto. Le tenía miedo; veía la violencia que demostraba a diario. Su negación a asumir la verdad la hizo aislarse de sus seres queridos. Sentía que había fracasado como madre y no quería que el resto también lo viera. Un poco por orgullo, un poco por vergüenza.

Cuando el video del atraco al quiosco de la esquina se hizo viral, todos pudieron identificarlo en la torpeza de sus movimientos, en ese cuerpo que alguna vez había sido el de un chico deportista y atlético, en esa mochila negra a medio poner y en esos pantalones de buzo oscuros y la capucha de su polerón. El rostro se hallaba cubierto, pero no era necesario verlo; sin embargo, todos pretendieron creer que no era él.

Empezaron a notar cómo su influencia se extendía por el resto del colegio. Sus excompañeros le respetaban, y su curso actual le temía, con excepción de los dos o tres que seguían juntándose con él. Generaba entre sus compañeras una mezcla de ansiedad y temor, la cual quedaba extinta cuando él no estaba.

Fue en este contexto que decidió ampliar su «operación» (como sus amigos la llamaban) e inició la búsqueda de un nuevo recluta, una persona que pasara inadvertida para las autoridades del colegio, quienes ya tenían la vista fija en él, un invisible. De esta manera, sus ojos se posaron sobre Nacho.

Nacho era un joven con una timidez desbordante que había encontrado en el comercio de golosinas dentro del colegio la fórmula para entablar diálogos con la gente. Eran su inocencia y su tranquilidad lo que jamás haría desconfiar a las autoridades del colegio de este joven.

Así, Daniel inició su idea de acercarse a Nacho y, de a poco y como quien engaña a un niño, se fue ganando su confianza hasta conseguir su lealtad, la que sellaron con la entrega de una cadena de plata similar a la que él mismo usaba. Ese día, cuando Nacho llegó a su casa con la cadena colgando de su cuello, su madre tuvo una sensación extraña, pero al mismo tiempo sentía alegría de que su hijo fuera incluido por estos chicos de los que ella no tenía más información. Fue por esta razón que decidió no indagar más.

Poco a poco, Nacho empezó a tener actitudes más hoscas en su casa y su ostracismo con profesores y compañeros fue cada vez mayor. Solo se abría con Daniel, a quien consideraba su hermano.

Una mañana, Daniel le pasó las pastillas y los otros productos que debía guardar. Él le indicaría cuándo venderlas y a quién; no podía contarle a nadie. Nacho sintió temor, pero era su amigo quien se los pasaba, no podía haber nada de malo en ello. Accedió a ese «negocio» y agregó ese «producto» a su lista de golosinas.

Sus profesores se encontraban inquietos con esta nueva amistad. Algunos pensaron que Daniel podría ver en Nacho a un «burro», otros pensaron que eso ya era demasiado, Daniel no sería capaz de llegar a tanto. Se propusieron averiguar, observaron por días a los estudiantes; sin embargo, no había nada que los hiciera confirmar sus sospechas.

Conversaba con el inspector una fría mañana de invierno, tendría que dejar sus ventas. Nacho no entendía la razón, pero dijo que lo haría, no iba a enfrentar al inspector (él no era así). Abrió su banano para guardar los audífonos, y el pastillero cayó ante los ojos atónitos del inspector. No hubo palabras que explicaran nada; Nacho solo aseguró que eran de su propiedad.

La madre de Nacho estaba atónita en la oficina de inspectoría. Aseguraba que su hijo no tomaba medicamentos y que no tenía por qué andar con ellos. Sus ojos se llenaron de lágrimas de impotencia y rabia al sentir a su hijo burlado y vulnerado. Fueron a buscar al joven a la sala y al abrir la puerta y ver a su madre, sabía que tendría que decir la verdad, pero él juró nunca delatar a sus amigos, y así lo hizo.

Por varios días no se supo de Daniel. Sabía que su «burro» había sido descubierto, aunque confiaba en que no lo acusaría. Eran otros los asuntos que lo tenían inquieto. Había entrado en terrenos de otros comerciantes y eso podía costarle caro.

Ese día, al salir de clases, creyó que lo seguían. Unos jóvenes altos de aspecto sombrío caminaban detrás de él. Apuró el paso y le pareció que ellos quedaban atrás, de todas maneras, decidió entrar por esa pequeña callejita que tomaba cuando quería perderse. Al llegar a la boca calle, un auto rojo de vidrios polarizados le cortó el paso. Quiso regresar, pero los jóvenes que antes creyó perder entraban a la misma callejita. Sintió que era el fin. Lo condujeron a empujones al interior del auto. De pronto, un dolor penetrante lo paralizó. Un calor tibio recorría sus sienes. Sintió que se desplomaba en el frescor del pasto y el olor de la humedad del río invadió su cuerpo en un escalofrío. Pudo ver de manera difusa que sus captores abandonaban el lugar. Caía la tarde.

Cuando sintió que recuperaba las fuerzas, trató de incorporarse sin éxito. Gateaba hacia el asfalto buscando auxilio. Las luces de un auto lo cegaron. Un golpe seco lo tiró de nuevo a la orilla. Sintió que el frío era penetrante y las fuerzas ya lo dejaban. Ante sus ojos, un desfile de imágenes le mostraban la infancia que había tenido en compañía de sus padres y hermanos, sus juegos escolares, sus momentos felices. Cuando la noche se dejaba caer en su existencia, vio el rostro de su madre. No había notado lo mayor que se veía. Recordaba su olor. Quiso tocarla, pero desapareció de pronto. Exhaló.

En un vehículo que circula en el atardecer rumbo a su hogar, una mujer pregunta:

—Mi amor, ¿qué fue lo que golpeamos?

—¿Qué va a hacer? Estamos llenos de perros vagos, la gente no se preocupa de sus mascotas. Ojalá no haya dañado el auto.

El auto continuó su marcha acelerada por la orilla del río a través de la avenida Los Poetas.

Sueños truncos

Cómo deseo poder preguntarte
hacia dónde voló el ganso salvaje
que abandonó la bandada.
Murasaki Shikibu

Eran las 4 de la madrugada de aquel sábado cuando la quietud del pueblo fue interrumpida por el lamento de la sirena de bomberos. La cantidad de llamados anunciaban un accidente. Siguió un minuto de silencio abrumador que fue cortado por los llantos de las ambulancias. Rápidamente, el cielo oscuro y otoñal de Lonquimay se cubrió de un incesante juego de luces de colores.

A la distancia se vio a la primera ambulancia perderse por la carretera en dirección a Victoria; debía haber sido grave. La otra ambulancia se internó por las calles del pueblo hacia el hospital. Enfermeras y médicos actuaban diligentemente, pero con el corazón compungido. Lo que enfrentaban era una tragedia.

A las 5:30 de la madrugada, el silencio reinaba de nuevo en el valle; sin embargo, no había calma. Una familia se hallaba destruida y sus cercanos corrían para alistar el viaje a Victoria, mientras otros se acercaban al hospital.

Un jeep era escondido en Los Arenales, y un hombre se tomaba la cabeza desconociendo la magnitud de los actos que había ocasionado aquella fatídica noche. Los recuerdos eran una sucesión desordenada de hechos en su mente. Aranza había pasado a buscarle, se tomaron un trago, llegada a la discoteca, baile, más trago, luces, el jeep camino del pueblo, un golpe seco, gritos, y luego el refugio. ¿Qué pasó?

En la ambulancia que se dirigía a toda prisa hacia Victoria, un adolescente se debatía entre la vida y la muerte, y el equipo de emergencias hacía todo lo posible por salvar su vida, pero estaba muy mal.

La mañana del sábado, la radio local informaba sobre la tragedia. Un vehículo menor, probablemente un Jeep, había atropellado a cinco jóvenes que caminaban por la alameda principal en dirección al pueblo. Uno de ellos había sido trasladado de emergencia al hospital de Victoria, mientras que otros dos habían sido estabilizados para luego ser sacados también de la ciudad. Se esperaba que los dos lesionados de menor gravedad recuperaran la conciencia y salieran del *shock* para prestar declaración ante carabineros.

Carlos guardaba de prisa ropa en un bolso, mientras su madre lloraba descontroladamente y le imploraba a Eugenio que lo convenciera de quedarse. «¿Adónde iría?», exclamaba, sentándose en la cama. Carlos explicó de nuevo que no podría quedarse. Había hecho algo grave y era mejor desaparecer antes de que Carabineros armara la historia y alguien lo nombrara. Si a ese chico le pasaba algo, ya no tendría una carrera y todas sus oportunidades quedarían truncas. Eugenio fue lapidario:

—¿Y las oportunidades de ese cabrito y su familia?

La sola frase de su padre fue como un hielo que atravesó su corazón. Tomando su bolso, cruzó el umbral de la puerta con la cabeza gacha, sabiendo que no volvería, al menos por mucho tiempo. Un auto le esperaba en la puerta y lo condujo hacia Temuco, donde luego embarcaría a España para empezar de nuevo, solo con su conciencia.

Eduardo fue estabilizado y trasladado a Temuco. Su situación era crítica, la violencia con la que su cráneo azotó contra el cemento había ocasionado múltiples daños en su cerebro. Sus músculos y nervios del lado derecho estaban visiblemente atrofiados y el pronóstico no era bueno. En esa condición, solo habría que esperar para ver si regresaba del coma en el que se encontraba.

Ese lunes no se hablaba de otra cosa en la ciudad cordillerana. Una de las hermanas de Eduardo había recuperado la conciencia y con ello todos los detalles de aquella fatídica madrugada. Ellos caminaban por la avenida en dirección al pueblo, cantando y conversando con mucha alegría, cuando fueron embestidos a alta velocidad por un jeep oscuro que intentó frenar un par de metros más allá, para luego acelerar y perderse al final de la calle. Eduardo y Daniela habían recibido el mayor impacto, golpeando de lleno el vehículo. Su hermano se había elevado sobre este para caer como un muñeco de trapo sobre la calzada. Los otros chicos que los acompañaban habían caído hacia los lados del automóvil. Marcos ya había sido dado de alta con moretones y golpes que le dificultaban caminar.

En Temuco, Eduardo seguía luchando por su vida, mientras su madre lo observaba desecha a través de un vidrio. Era surrealista esa imagen de su hijo lleno de tubos y cables, ese mismo muchacho que era su compañero, su regalón, el conchito; aquel tan anhelado hijo varón que tanto habían esperado con su viejo, ahora pendiendo de un hilo y respirando gracias a los soportes vitales. En la habitación de al lado, su otra hija, Daniela, no podía dar crédito a todo lo ocurrido. Recibía ahora la noticia de que producto del impacto, la pequeña criatura que vivía en su vientre había dejado de existir. Una lágrima tibia mojaba su amoratada cara. Los recuerdos eran sucesiones de cuchillos clavados en su corazón.

El liceo estaba revolucionado por la ausencia de Eduardo, que alegre y conocido por todos y por su hermosa sonrisa coronada de margaritas. Sus profesores no daban crédito a lo ocurrido, y su silla vacía era un recordatorio tangible de su ausencia para sus compañeros, que sentían tristeza al mirar ese espacio.

En los días siguientes al accidente, los recreos fueron más silenciosos de lo habitual. Ya no había partidos de fútbol en el patio ni caminatas conversadas durante los recreos. Faltaba una sonrisa en el pasillo y una mano amiga que calmara la furia del inspector por los atrasos de aquellos que vivían a solo unas calles del colegio. La rutina fue consumiendo uno a uno los momentos, y la información sobre el estado de salud de Eduardo indicaba pequeñas mejorías que no eran suficientes para sacarlo de su estado de coma. Solo quedaba esperar y tener fe.

Seis meses después de esa fatídica madrugada, Eduardo regresaba a su pueblo. Aunque debía permanecer hospitalizado, ya estaba consciente. El golpe había provocado daños en su zona del lenguaje y su lado derecho aún tenía los músculos atrofiados. Tendría que aprender a hablar de nuevo, y la reversibilidad de su movimiento aún no estaba clara. Pero estaba vivo, y eso era motivo de gran felicidad para sus padres y hermanas. Sobre su calidad de vida se hablaría después.

Sus compañeros y amigos lo visitaban a menudo en turnos para no agobiarlo. Le contaban anécdotas del colegio y cómo se extrañaba su presencia. Él sonreía y movía los ojos, pero en su corazón había deseos de vivir entremezclados con una oscura nube de incertidumbre que ensombrecía ese brillo.

El tiempo comenzó su inexorable paso, y la vida siguió su rumbo para todos, excepto para Eduardo, quien vio cómo en su existencia se detuvo el reloj aquella noche de sábado. Por su mente vagaron los recuerdos de aquel día, cada cosa que hizo antes de tomar la decisión de asistir a esa fiesta, cómo convenció a sus hermanas de que le acompañaran. Era importante celebrar; había logrado su sueño de ser probado y aceptado para jugar en un equipo de fútbol real. Él, un chico de pueblo, sería el arquero de los juveniles de la Universidad Católica. Sabía que tenía aptitudes, pero también que debía trabajar mucho. Después de esa noche no habría más fiestas, se dedicaría de lleno a su sueño y a dejar en alto el nombre de su Lonquimay. Ahora todo era distinto.

Sus ojos se fijaban en su madre, quien con mucho cariño le cuidaba y asistía en cada una de sus tareas. La miraba fijo y notaba su cansancio, pensaba también en su padre y sus manos cansadas de trabajar el campo, quien llegaba cada día a hablarle sobre su día con la paciencia y devoción de un padre con su hijo pequeño. Ahora parecían más viejos. Fue notando cómo poco a poco su casa se transformó en un gimnasio para terapias, por el que desfilaban distintos profesionales, dispuestos a sacarlo adelante a como diera lugar. Se organizaron rifas y beneficios para ayudar a solventar los gastos de medicamentos y terapias, se le practicó una cirugía para quitar la rigidez a sus músculos, pero nada fue suficiente.

El último informe médico fue lapidario: Eduardo no volvería a caminar, su movilidad estaba irremediablemente reducida. Recuperaría el habla de forma gradual, pero sería un proceso largo. No había más que hacer.

Uno a uno, los amigos de Eduardo continuaron con sus vidas y sus visitas se hicieron cada vez más esporádicas. No sabían qué decirle, y muchos se sentían impotentes y enfadados al verlo confinado a una silla de ruedas. Carlos, por su parte, continuó adelante con su carrera y regresó al país para trabajar como profesor de periodismo en una reconocida universidad en Temuco, intentando olvidar lo ocurrido.

Así pasaron los días, y se convirtieron en meses, y los meses en años. Una brisa primaveral acariciaba el rostro de Eduardo mientras observaba sonriente a sus pequeños sobrinos jugar en el patio. Cerró los ojos y se imaginó deteniendo un balón frente a una multitud que aplaudía sus espectaculares atajadas. Sentía sus piernas responder de nuevo a su voluntad, abrazaba con fuerza a su madre, conducía el camión de don Edgardo como antaño y disfrutaba recolectando digüeñes.

Sonreía con los ojos cerrados, sumido en sus recuerdos, cuando la voz de su madre lo devolvió a la realidad. «Vamos adentro, Eduardito, hace mucho frío», dijo mientras tomaba su silla de ruedas para llevarlo de vuelta a la casa.

Todo sigue igual

En cada niño nace la humanidad.

Jacinto Benavente

Gabriela era una niña tímida, de baja estatura, morena, con una enorme sonrisa de dientes blancos y ojos saltones y grandes. Solía verla sentada en el patio de estudiantes bajo un frondoso árbol de hojas grandes y verdes. Me llamaban la atención su cariño y dulzura, pero había algo en ella que me inquietaba un poco; se negaba a trabajar con sus compañeros o a sentarse cerca de ellos siquiera. Tampoco era muy cercana de las niñas de su curso y se le veía con frecuencia sola; sus ojos ocultaban una tristeza.

Traté de abordarla en reiteradas ocasiones, pero rehuía de temas personales de manera magistral para una niña de doce años. Algunos de sus profesores justificaron su actitud con la ausencia de su madre, quien había partido a la capital en busca de nuevas y mejores oportunidades de trabajo. Otros dijeron que era la figura del padre ausente, y no faltaron los que adujeron que era demasiado consentida por vivir con su abuelita.

Por un tiempo, todas estas explicaciones me parecieron satisfactorias, pero en más de una ocasión la encontré llorando debajo de su árbol. Al principio creí que el hecho de vivir en el internado del colegio, más lejos aún de sus afectos (a decir verdad, eso nos afectaba a todos de cierta manera), me propuse acercarme a ella para saber la razón de su pena.

Luego de unos meses se transformó en mi asistente, y de a pocos me fue entregando su confianza. Me habló de su abuelita y su trato con ella, tal como yo sospechaba, ella era una buena mujer con su nieta a quien cuidaba con devoción y la experiencia de los años vividos. De su madre y sus viajes desde la capital cada cierto tiempo, los regalos que le traía, y de las experiencias vividas por las hijas de sus patrones. A su padre nunca lo conoció, pues de él no se hablaba. Su madre se había marchado a Santiago muy joven a trabajar y había regresado embarazada, teniendo que dejarla al cuidado de su abuela. Nada más que contar.

Seguía sin entender cuál era la razón de que su paz interior comenzara a alterarse los jueves, para convertirla en un mar de lágrimas los viernes. Hasta pensé que tal vez estaba enamorada y que por esa razón no quería irse del internado, pero me pareció bastante burdo y no encajaba con el carácter de Gabriela.

Un viernes por la mañana, me dirigía hacia las salas posteriores del liceo, cuando la escuché llorando con mucha tristeza y me acerqué a hablarle. Antes de que pudiera decirle nada, se abalanzó entre mis brazos temblando como una hoja al viento y entre sollozos me dijo que no quería irse a su casa, que tenía mucho miedo, y que no sabía cómo podría protegerse esta vez. No alcancé a articular pregunta alguna cuando siguió hablando de lo mucho que la complicaba regresar, que su tío la molestaba y la perseguía cada vez que su abuela se descuidaba, que le había advertido que llegaría el momento en que le pertenecería.

Cada una de sus palabras era una daga en mi corazón; sentía que debía protegerla, pero ¿cómo? Hice la pregunta más tonta que una persona puede hacer, pero mi inexperiencia de 23 años no me colaboró mucho ante la situación y pregunté: ¿estás segura de lo que dices? Me miró descolocada; era obvio que estaba segura, vivía con ese miedo desde los ocho años.

Nos sentamos en la escalera bajo el árbol y comenzó su relato, su tío era un hombre de unos 35 a 40 años, soltero, trabajaba el campo, como la mayoría de los hombres del sector. Era el hijo menor de su abuela y por ende hermano de su madre, se había hecho cargo de la casa desde que su padre había muerto, al principio era un tío cariñoso y preocupado con ella, pero una vez llegada la adolescencia, empezó a ver en Gabriela, no a la niña con la que jugaba en el patio sino a una joven que ya no era una pequeña y se había lanzado a la caza de su presa.

Primero la seguía cuando salía a alguna tarea del patio, y la atacaba inescrupulosamente con frases obscenas que la atemorizaban y hacían volver lo más rápido posible a la casa. Luego empezó a espiarla cuando se vestía, aprovechando que la puerta de su dormitorio no tenía una cerradura que funcionara. Tiempo después entró a su habitación mientras dormía a observarla, ella sentía su presencia y fingía dormir aterrorizada, fue este el motivo de que ella insistiera un tiempo en dormir con su abuela, pero ella, una mujer mayor, solo toleró su presencia un tiempo y ahora la había devuelto a su dormitorio. Este último tiempo, el hostigamiento era mayor, pues la seguía por la casa, buscando los momentos para arrinconarla y besarla a la fuerza, o tocarla cuando pasaba cerca de él.

Yo no podía dar crédito a lo que oía, tenía todos los sentimientos acumulados en la garganta y una rabia que me erizaba la piel, la abracé con cariño y le dije que la ayudaría, que debíamos hablar con su abuela; sin embargo, el monstruo ya se había preparado ante esa posibilidad, y tenía a la pequeña amenazada que, ante cualquier intento de acusación, sería él quien la acusaría a ella de seducirlo y acosarlo, siendo su madre una mujer de otro tiempo le creería a su hijo.

Con desesperación, busqué ese día alguna autoridad en el colegio que pudiera orientarme sobre cómo hacer para salvar a Gabriela, quien inminentemente corría peligro al volver a su casa. La hora de la salida llegó y tuve que mirar impotente como mi pequeña asistente subía cabizbaja al furgón del colegio, le grité ¡cuídate! Y la vi partir. Con el corazón apretado y las lágrimas brotando de mis ojos.

Ese fin de semana no pude concentrarme en ninguna tarea que me distrajera, tampoco estaba de humor para salir con mis amigos, solo quería que llegara el lunes y saber que mi niña había resistido como una guerrera las constantes amenazas de ese hombre. Miraba a mis hermanas dormir tranquilas, teniendo sueños reparadores, sintiéndose protegidas en el nido de su hogar, sufría. Cuando por fin llegó el lunes busqué entre los estudiantes a mi niña, me sentí aliviada cuando la vi bajar sonriente y correr hacia mí. Su tío había tenido que ir a Santiago por unos repuestos para su camión y no había regresado en todo el fin de semana, había estado sola con su abuela. Tenía menos de una semana para buscar la forma de ayudarla.

Pedí una reunión con el director y le informé de la situación y el inminente peligro de nuestra estudiante. Estallé en cólera cuando el hombre, haciéndose hacia atrás en la enorme silla de su escritorio, me respondió que no nos correspondía a nosotros hacer nada, que hasta podía ser una ilusión de la niña, una confusión producto de su edad. Sin dar crédito a lo que escuchaba, salí de la oficina dando un fuerte golpe a la puerta. Estaba igual que al inicio y ya finalizaba el lunes. La mañana siguiente me sorprendió inquieta pensando qué podía hacer, a quién debía recurrir.

Estaba en eso cuando uno de mis colegas ingresó a la sala de profesores y mencionó que el director había comentado mi enojo ante nuestra fallida reunión, empezó a burlarse, pero le llamó la atención mi alterada reacción. Decidí comentarle lo que estaba pasando sin mayores detalles, esperaba que me dijera que no se podía hacer nada; sin embargo, me sorprendió su respuesta, cambió su expresión e incorporándose en su silla, me dijo que no podía dejar eso así, que debía ayudar a Gabriela, cerró su intervención diciendo:

—Debemos denunciar el hecho.

Me conmovió el hecho de que se hiciera parte de la situación, ya no me sentía sola.

Al salir al almuerzo, Marcos me sorprendió aún más. Había estado averiguando y ya sabía dónde teníamos que dirigirnos. Dejamos nuestras cosas sobre la mesa y nos fuimos a la ciudad más cercana a la Oficina de Protección de la Infancia. Al llegar, expliqué la situación con todos los detalles de los que disponía. La señorita detrás del escritorio nos miraba y tomaba nota, no parecía impactada tal vez porque era algo común, tal vez porque, como mi director, no le importaba. Una vez que terminé mi relato, me miró fijamente y me explicó los pasos a seguir.

Debíamos estampar la denuncia, pero al no ser yo pariente directo de la menor de edad, el proceso podía demorar y la intervención aún más. Me sentí frustrada, pero de todas maneras estampé la denuncia; en ese momento comprendí la pasividad de la chica del escritorio. Sabía que las intenciones eran buenas, pero el proceso era lento y engorroso.

Al salir de la oficina, Marcos y yo caminamos en silencio en dirección al colegio. Al llegar, vimos a Gabriela sentada en el patio con su rostro hacia el sol, inocente de lo que pasaba a su alrededor;

su expresión denotaba tranquilidad, tan solo era martes. La tranquilidad del jueves se vio interrumpida por el llamado de dirección. Al llegar, el director me miraba con expresión molesta; a su lado estaban la psicóloga y el sostenedor. Frente al escritorio, una mujer morena con un moño que recogía su pelo negro era joven, pero su impenetrable expresión no permitía definir su edad; había en su rostro algo que me resultaba vagamente familiar. Junto a ella, una pequeña mujer de pelo cano lloraba en silencio, sus ojos vidriosos se clavaron en mí; era la abuela de Gabriela. Algo había pasado.

Una vez iniciada la reunión, tomó la palabra el director, quien informó que el colegio no estaba en antecedentes del peligro de vulneración de la menor y que todas las acciones que se habían ejecutado eran de mi absoluta responsabilidad. El sostenedor miraba y asentía desde una esquina, la psicóloga explicaba los protocolos a seguir en estos casos, haciendo especial énfasis en que «todos habían sido saltados». Yo no podía dar crédito a lo que escuchaba y los miraba incrédula ante tanto cinismo.

Cuando la mujer del moño al final tomó la palabra, su mirada se clavó en mis superiores y mencionó lo decepcionada que estaba de todo lo que decían. También les aclaró que no les creía nada. Girándose hacia mí, me miró fijamente y dijo que necesitaba hablar conmigo en privado. El desconcierto era evidente, pero nadie negó el pedido y fueron saliendo uno a uno, hasta que en la oficina solo quedamos ella, yo y su madre. Mirándome fijamente, me dijo lo mucho que su hija me quería y que esa era la razón por la que me había contado lo que estaba sucediendo.

Sin embargo, me preguntó qué pruebas tenía yo para acusar a su hermano basada solo en el testimonio de una niña. Su madre, ahora ya repuesta, me preguntó qué pretendía yo haciendo eso y qué problema tenía con su hijo. No podía creer lo que estaba pasando.

Dijeron que habían sido contactadas por la Oficina de Protección de la Infancia, quienes habían iniciado una investigación contra el tío y que ahora demandaban como medida de protección alejar a la niña de esa casa. Me exigieron que me retractara de la denuncia, a lo que, por supuesto, me negué de inmediato. Les recordé que su responsabilidad era velar por la seguridad de su hija y que no podían pedirme una cosa así. Se pusieron de pie al mismo tiempo y se marcharon, ahí quedé yo sentada en el centro de la oficina sin entender qué era lo que acababa de ocurrir.

El director volvió a ingresar a la oficina y con expresión serena puso su mano en mi hombro, diciendo:

—Muchas cosas son así por acá.

Solo bajé la cabeza y me retiré. En el patio, una feliz Gabriela me contaba que su mamá había adelantado las vacaciones y que ese día se iría más temprano para estar con ella. Me abrazó y se marchó corriendo hacia la salida del colegio, donde la esperaban su madre y su abuela. No la volvimos a ver; una mañana su tío fue a buscar sus documentos. Recuerdo haberme cruzado con él en la puerta del colegio. Cuando salió, me miró con una sonrisa de medio lado y me dijo:

—Chao, bonita.

Recuerdo el incómodo escalofrío que sentí ante esa mirada y esas palabras; le vi alejarse y no pude evitar pensar en mi niña.

Marilyn

¿Quién mató a Marilyn?
La prensa fue o la radio tal vez.
¿Quién mató a Marilyn?
La televisión o el ratón Mickey.
Los Prisioneros

La verdad es que a Marilyn
la mató la sociedad...

En días como estos, en que el sol se niega a recordarnos que la vida tiene colores, me paro en la ventana y los recuerdos se agolpan en mi mente. También estaba gris esa mañana, en particular fría, y una leve llovizna mojaba el patio escolar.

La tranquilidad fue abruptamente interrumpida por un bullicio de gente que ingresaba al patio techado. Algunos lloraban, otros solo repetían su nombre. Nadie daba crédito a lo que estaba pasando. La calma inicial fue dando paso a la confusión y, a medida que pasaban los minutos, la ira y el llanto se apoderaban de estudiantes y profesores.

Los que nos incorporamos más tarde no sabíamos cuál era la razón de la situación que se estaba viviendo, pero de a poco nos fuimos enterando de la tragedia. Marilyn estaba muerta, así, sin mayores detalles, solo eso. Una sensación de frío nos recorría la espalda. No entendíamos qué había pasado. El día anterior me había cruzado con ella en la puerta de salida; ahora no sé si nos despedimos, pero sí recordaba con claridad su hermosa sonrisa.

A medida que avanzaba la mañana, fuimos recibiendo más antecedentes. Su hermana la había encontrado muerta en su habitación al salir del colegio. Ahora la velaban en su casa.

Sus compañeros se habían organizado para ir a despedirla. Todo era desconsuelo y dolor.

La pregunta en boca de quienes más la conocían era ¿por qué? Luego supimos que la razón era tan simple como dolorosa: ella no quería seguir sufriendo. Años de abusos y violencia la hicieron querer escapar del mundo que la rodeaba. Nadie le creyó, nadie quiso escucharla. Las personas que debían protegerla le dieron la espalda, ¿y nosotros? Nosotros, sus profesores, también fallamos al no darnos cuenta de lo que se ocultaba tras esa sonrisa y esos ojos negros, al no ver el dolor que escondía y disfrazaba tan bien de solidaridad. Siempre estuvo para todos, ahora todos sentíamos que no habíamos estado para ella.

La comitiva del colegio se dirigió a su domicilio. Al llegar, una pequeña casa se abría paso frente a ellos. Se podía ver una caseta sanitaria que albergaba baño y cocina; las ampliaciones de la casa eran distintas combinaciones de pallet y cartón. El recuerdo que teníamos de Marilyn no coincidía con una niña que viviera en estas condiciones. Al ingresar, pudimos divisar a su madre en *shock* sentada en un costado. Vi salir a Patricio con los ojos llorosos y la voz entrecortada, diciendo: «Profe, ella dejó un mensaje para usted en su pieza». Sus palabras fueron un balde de agua fría que me erizó la piel. Le seguí con el corazón apretado.

Al entrar, pude ver lo que había sido su cama en una pequeña habitación forrada de cartones. En un rincón, una caja de almacenamiento plástica y adentro, prolijamente doblado, estaba su uniforme y otras ropas. El muchacho señaló una esquina del cartón de la pared; ahí estaba mi nombre.

> *Profe, gracias por tantos años de enseñanzas, por toda su paciencia y por todo el amor que pone a lo que hace. Marcó muchas cosas en mi vida. Perdón por no ser lo suficientemente fuerte. La voy a querer siempre.*
>
> *Marilyn*

Las lágrimas nublaron mis ojos; sentía pena y rabia. ¿Cómo no me di cuenta de lo que estaba pasando? Esa pregunta me acompañará lo que me quede de vida. Recordé ahora de manera vívida nuestra última clase y ese abrazo tan fuerte y cariñoso que me dio el viernes antes de irse. Le dije: «Pero, hija, nos vemos el lunes». Ella solo sonrió y dibujó un corazón en el aire antes de marcharse. Ahora entiendo la razón de esa despedida.

Miré el resto de la pared; había mensajes para sus compañeros, sus amigos, una carta para su padre y en el centro una breve nota: «Mamá, te perdono». Esas palabras fueron una daga en mi corazón. Las fuerzas me abandonaron y me senté en la cama de mí, ahora, exalumna. Sentí unas manos que me abrazaron; sus compañeros compartían mi dolor y lloramos en silencio.

Los gritos rompieron ese momento de duelo; en la calle, la familia del padre de Marilyn acusaba sin piedad a su madre y su pareja de todo lo ocurrido. La mujer se defendía con la convicción de quien se sabe responsable. La escena era triste e irónica; ¿ahora se culpaban? Ahora que había una sola verdad: Marilyn se había ido.

Nunca el patio estuvo tan silencioso ni tan sombrío como esos días. Las clases eran tristes y los rostros denotaban congoja, incomprensión y cansancio. Nunca hubo estudiantes con tanta pena como los días que siguieron a la muerte de Marilyn.

El sostenedor consiguió que el cortejo pasara por la puerta de la que fuera su escuela. Allí aprendió sus primeras letras, sus primeros cantos, descubrió su pasión por el baile, allí tejió sus sueños de un futuro mejor que la sacara de la miseria, la pobreza y el abuso. Fue ahí mismo donde sintió que ya no podía más, fue ahí donde sintió que nadie podía hacer nada por ella.

La caravana era una interminable sucesión de autos que avanzaban con lentitud por la calle del colegio. Nosotros con globos blancos en las manos le mirábamos partir. Cuando la hilera de autos se hubo desaparecido, nadie quería entrar al colegio. Queríamos detener el tiempo, volverlo atrás, hacer tanto de lo mucho que no hicimos.

La vida continuó su rumbo, pero en la sala 3 siempre hubo una silla vacía, siempre hubo un espacio que nada pudo llenar. Sus compañeros y profesores seguimos adelante, sin dejar de repetirnos que pudimos haber hecho algo, que debimos haber interpretado las señales que tuvimos a nuestro alrededor.

Tiempo después supimos que su madre había perdido la custodia de su otra hija. La investigación arrojó que el motivo del suicidio de Marilyn había sido el cuidado negligente de su madre. Se comprobaron las acusaciones post mortem de abuso sexual que alguna vez la joven le hubiera dicho, sin lograr que esta le creyera.

A veces me parece verla en el patio del colegio, sentada en la tribuna con la mirada fija en el infinito, con la mano afirmada en su barbilla. Me mira y sonríe, con su mano dibuja un corazón en el aire. Luego, poco a poco, se difumina en el aire, desaparece bailando entre las nubes y vuela libre a un mundo sin pena, sin miseria, sin dolor.

En días grises como este, recuerdo a Marilyn, su sencillez, su dulzura. Y su solo recuerdo me hace sentir acompañada, en esos tristes días grises del invierno en que recuerdo a mi niña bailarina, quiero creer que me ha perdonado.

El muchacho

Una cosa es abandono,
y otra cosa distinta soledad.
Friedrich Nietzsche

Hasta ese día, Mónica estaba convencida de que no volvería a creer en el amor. Lo miró caminar hacia la puerta y se dio cuenta de que estaba sonriendo. A partir de ahí, él visitaba con regularidad la cafetería donde ella trabajaba y paseaban juntos. Él le hablaba de lo mucho que había soñado con una mujer como ella, y ella se sentía segura con él. De la amistad pasaron al romance y pronto estuvieron viviendo juntos; todo era perfecto salvo por un detalle: Cristian, el hijo de Mónica.

Ella había sido madre muy joven, y su hijo, ahora un adolescente, nunca tuvo contacto con su padre. Mónica le buscó un colegio con internado y ahí le dejó para asegurar al menos las comidas diarias mientras ella trabajaba. Siempre fueron el uno para el otro: ella, una madre atenta y cariñosa; él, un hijo preocupado y responsable. O al menos así fue hasta ahora.

La llegada de este hombre a la vida de su madre lo había cambiado todo. Si bien Cristian solo viajaba a la casa materna los fines de semana, esos días eran incómodos y tensos. Su madre se desvivía en atenciones para su pareja, y él pasaba a un segundo plano absoluto. Ya no había atenciones ni preparaciones especiales para las colaciones de la semana. Su ropa debía lavarla él, pues su «padrastro» constantemente ideaba paseos para que Mónica se distrajera el fin de semana, por supuesto, sin su hijo.

Las cosas terminaron de cambiar cuando su madre anunció durante un almuerzo de domingo que estaba embarazada. En la mesa reinó un profundo silencio y, ante la desazón de Mónica, Carlos se puso de pie y la abrazó. Cristian, en cambio, seguía procesando la noticia. Siempre supo que eso podía pasar; sin embargo, no estaba preparado. Besó a su madre en la mejilla, se dirigió a su cuarto y regresó al colegio.

Así fueron pasando los meses. Cada fin de semana era una tortura para Cristian. Los malos tratos de Carlos eran evidentes, y se acercaban las vacaciones. El verano fue una lenta agonía. Cristian se preocupaba de atender a su madre y asistir en las tareas de la casa, procurando permanecer en su habitación cuando Carlos llegaba. Su sola presencia era motivo de molestia y discusión. En vano le pidió a Mónica que lo cambiara de colegio, explicando mil razones de por qué Temuco era la mejor opción para estudiar; sin embargo, la razón era una sola:

—Allá había internado.

Cuando marzo llegó, Cristian era un adolescente de regreso a su colegio. Se encontró con sus nuevos compañeros y profesores, entre ellos su nueva profesora jefe. Al verla entrar en la sala, no pudieron dejar de sentir curiosidad hacia ella. Era una mujer muy joven, no se diferenciaba mucho de sus compañeras de cuarto medio. Había algo simpático en ella, pero al mismo tiempo era estricta y los mantenía constantemente vigilados para evitar «descontroles», como siempre les repetía.

Durante esa primera semana, les recordaron que sus apoderados debían dirigirse al colegio para firmar los permisos de salida por los feriados y fines de semana largo. Cristian se lo comunicó de inmediato a su madre por teléfono. Sin embargo, ella no se presentó en la fecha estipulada, ni en el plazo adicional, ni en la siguiente citación. Él bajó la cabeza y entendió que ella no asistiría. Luego, le comunicó a su profesora que su madre no iría a firmar dicho permiso. A pesar de ser joven, la profesora decidió llamar y presionar a la madre para que se presentara en el colegio. Tal como estaba estipulado, la apoderada se presentó a la reunión con la docente.

Al tenerla enfrente, la joven maestra vio en Mónica a una mujer sencilla. No era mucho mayor que ella, y se podía ver en sus ojos el rastro de una vida de esfuerzo, que contrastaba con el brillo de sus cinco o seis meses de embarazo. Después de hablar de temas variados, la profesora le recordó a Mónica que debía firmar el permiso de salida. Mónica, evidentemente incómoda, preguntó si no había otra opción. La profesora, sorprendida, sonrió y le dijo que no, pues el colegio se cerraba durante esos fines de semana en que los estudiantes regresaban a casa.

—Todo el mundo tiene derecho a descansar —le mencionó, extendiendo la mano.

La Semana Santa estaba cerca y los estudiantes se retirarían por el período de receso.

Mónica negó con la cabeza y, mirando con ojos cristalinos a la profesora, le mencionó que no podía hacerlo; su pareja, Carlos, no quería a su hijo, por lo que le había pedido que evitara que estuviera por largos periodos de tiempo en la casa. La profesora no daba crédito a lo que escuchaba y, en un arranque de ira, le recordó que el joven era su hijo y, por ende, su responsabilidad. ¿Qué pretendía hacer con él? La respuesta la dejó aún más perpleja:

—Lléveselo usted, profesora. Yo firmo lo que sea necesario —La profesora la miró descolocada, ¿cómo podía decirle eso, apenas si la conocía? ¿Cómo podía confiarle su hijo a una perfecta extraña?

Cuando logró ordenar sus pensamientos, la miró fijamente y, marcando una clara distancia, le dijo:

—Señora Mónica, usted ni siquiera sabe dónde vivo. ¿Cómo va a autorizar a su hijo a quedarse conmigo una semana?

La reunión terminó en ese momento, con Mónica saliendo de la oficina sin dar respuesta a la acongojada docente.

Más tarde, la secretaria del colegio la contactó para decirle que el permiso ya estaba firmado a su nombre y que la mamá le había cedido su derecho como apoderado titular, aduciendo resguardos por el embarazo.

Ana María sintió impotencia; sabía que el verdadero argumento no era ese y no podía creer que el colegio hubiese aceptado tal condición así nada más; no obstante, la secretaria le mencionó que, en esos casos, ese tipo de trámites eran aceptados en la institución, pero que de todas maneras podía dejar al chico en el internado ese fin de semana y los demás si no se atrevía a llevarlo con ella. Tendría que hablar con Cristian, pues su madre no había podido hacerlo debido al horario de salida del bus.

Se dirigió a su sala, pensando en la tremenda responsabilidad que significaba hacerse cargo de este joven y, al mismo tiempo, pensando en lo que para ella significaba a sus 23 años. Aún vivía en la casa de sus padres, tenía dos hermanas más o menos de la misma edad de su alumno. ¿Qué iba a hacer? Sin duda, la universidad no la había preparado para este tipo de situaciones.

Llamó a sus padres y, como siempre, respondió su madre, aquella mujer sencilla de carácter afable. Ana María le contó con lujo de detalles lo que había sucedido y la situación en la que se encontraba. Por un lado, no estaba segura de aceptar aquella enorme responsabilidad; por otro lado, no podía dejar a Cristian en el internado toda esa semana. Su madre la tranquilizó y le dijo que lo hablaría con su padre. Durante la tarde, ya lo habían hablado y no podían dejar al muchacho allí.

Ana María caminó decidida hacia la sala, lo miró fijamente a los ojos y le dijo:

—De ahora en adelante, los fines de semana largos te irás conmigo a mi casa.

Los ojos del muchacho se iluminaron y, en un arrebato, abrazó a su profesora, quien sintió que la ternura la embargaba.

Ese viernes temprano, Cristian se levantó, arregló su cama y preparó su bolso. Se dio cuenta de que tenía ropa para lavar y no pudo dejar de sentir vergüenza de andar de colgado de su profesora y de invadir su espacio, conociendo a personas que nunca había visto, pero que, sin embargo, le abrirían las puertas de su casa. Dejó de lado sus pensamientos y se tranquilizó pensando que ella no lo dejaría solo.

Cuando las clases finalizaron, esperó en el comedor de estudiantes hasta que la vio acercarse por el patio con el bolso colgado en un hombro y su mochila en el otro. No se había dado cuenta de lo diferente que se veía su profesora sin delantal, y lejos de la sala de clases. Con una gran sonrisa, ella llegó a su lado y le dijo:

—Estamos listos, vas a ir a conocer la cordillera.

El viaje para Cristian fue un eterno traslado desde lo conocido hasta Temuco, aquella ciudad a la que por tanto tiempo y desde muy niño viajó con la ilusión de reunirse con su madre y que ahora veía como el lugar que le recordaba su nueva orfandad. Se cambiaron de bus y tomaron rumbo hacia su destino. La cordillera de los Andes se abría paso imponente ante sus ojos, y en el serpenteo del bus, podía sentir que esas esculturas naturales lo iban devorando y que lo insertaban cada vez más en un mundo nuevo y mágico, distinto de los paisajes costeros que tan bien conocía.

Mientras cruzaban el túnel Las Raíces, el paisaje fue absolutamente absorbido por esta oscuridad penetrante y casi siniestra que lo envolvía todo, mientras iban acercándose a la luz, el mundo de nuevo tomaba color. Al salir, lo que vio fue aún más impresionante que lo que había observado antes: la serpiente de cemento que los había transportado. El paisaje se teñía de tonos rojos, anaranjados y negros, todos dispersados a lo largo de las faldas de imponentes montañas dibujadas con delicadas caídas y de pronto cortes abruptos que terminaban en profundas quebradas. Todo era nuevo, todo era hermoso.

Al bajar del autobús, la brisa fresca del otoño le invadió los sentidos y el aire penetrante y puro le recordó que estaba muy lejos de la ciudad. Caminaron desde el terminal hasta la casa; al llegar, divisó una casa de campo escondida tras frondosos árboles de distintos tipos, que empezaban a abandonar su follaje por la llegada innegable del otoño.

Cuando entraron a la cocina, el calor les rodeó. Ana María saludó cariñosa y cálida a sus padres y lo presentó con ellos. Vio una mujer mayor de mirada dulce y un hombre con aspecto serio, que a poco andar le brindó una amplia sonrisa haciéndole sentir cómodo y menos asustado de lo que estaba. En ese momento, pudo ver a dos chicas que aparecieron desde el *living*; sin duda estaban en su rango de edad. Ellas le saludaron cálidamente y le indicaron cuál sería su dormitorio durante su estadía. Pronto estaría la cena; debía dejar sus cosas y acomodarse para compartirla con ellos.

Entró al baño y, mientras se lavaba las manos, algo tibio corría por su mejilla. Mientras cenaban, le preguntaron distintas cosas de su vida y sus ahora nuevas hermanas armaban panoramas para realizar en los siguientes días. Se sentía en casa. Ese fin de semana fue el mejor de su vida en mucho tiempo, y a pesar de que era como estar de vacaciones, colaboró con las tareas de la casa, se sentía útil, parte y, sobre todo, tratado con cariño. Cuando debieron emprender el regreso al colegio, ahora tan distante y lejano, miró a su profesora y le dio las gracias por aquellos días en los que pudo sentir que pertenecía nuevamente a una familia. Esas palabras estremecieron el corazón de Ana María, y sonriendo le dijo:

—Tranquilo, volveremos.

Al llegar, miró ansioso el calendario para saber cuándo volvería. El invierno llegó crudo y frío. Ahora viajar a Temuco ya no era su prioridad e incluso liberó a su madre de la preocupación de tener que recibirlo en su casa. Algunos fines de semana optó de manera voluntaria por quedarse en el internado y esperar su nuevo viaje a Lonquimay. Otros, Ana María lo llevó a Temuco para comprar algunas cosas que pudiera necesitar. Así fue pasando el tiempo hasta que llegaron las vacaciones invernales. Como era de esperar, su madre llamó al colegio para manifestar que su hija era pequeña y que ella se encontraba delicada de salud. Era complejo. Ana María le interrumpió para evitarle el resto de la oración:

—No se preocupe, señora, Cristian viajará conmigo.

Se produjo un silencio incómodo que fue roto cuando la mujer agradeció a la profesora por entender su situación.

Cada viaje descubría cosas nuevas de este mágico lugar de espesos bosques nativos y cielos de cambiantes colores. Cada estación tenía su encanto y él ya era parte de esa familia que lo había acogido. Cumplía con sus tareas escolares y horas de estudio al igual que las hermanas de su profesora. Conoció la nieve y jugó hasta el hartazgo en ella, dibujando en su mente mundos de colores en los que solo había amor y diversión.

Así fue pasando el tiempo hasta esa mañana de noviembre en que se presentó al colegio Mónica, con su hija en brazos, para conversar con el muchacho. Ingresaron en la salita de reuniones. La verdad era que Carlos se había ido, dejándola a ella y su niña. Él escuchó con atención a su madre pedirle perdón por todo el tiempo perdido. Ella le acarició la cara con ternura y el muchacho aceptó su caricia. Amaba a su madre, pero sentía un cariño especial por la familia que lo había acogido, una mezcla de gratitud y amor.

Cuando los primeros días de diciembre se hicieron presentes y el año escolar llegaba a su fin, ya estaba claro que no habría vacaciones en Lonquimay, pues su madre le esperaba en casa. Se despidió con un abrazo de su profesora, asegurándole que contaría los días para reencontrarse con ella en marzo. Ana María sabía que eso no ocurriría. Ese mismo día había sido notificada de que no continuaría su relación laboral con el colegio, pero no le dijo nada a Cristian.

Quince años después, caminaba pensativa por la avenida Caupolicán cuando, de la nada, de pronto oyó un grito que la sacó de su ensimismamiento:

—¡Profe! ¡Profe!

Se dio vuelta para ver cómo un joven de unos 30 años corría hacia ella.

Entrecerró los ojos para poder distinguir quién le hablaba. Cuando lo tuvo frente a ella, no podía creer lo que veía. ¡Era Cristian! Se abrazaron en silencio como dos amigos que se han perdido en los vaivenes de la vida y se dirigieron hacia un café. Allí él le contaría cómo fue su vida de regreso a su colegio, cómo su madre se había marchado con Carlos apenas él hubo salido de la enseñanza media, debiendo hacerse cargo de su hermana menor, y cómo cada día recordaba las conversaciones que mantenían camino a Lonquimay hace ahora tantos años. Mientras le escuchaba, Ana María buscaba en este hombre, ahora padre de familia, a aquel muchacho que con tanto cariño cobijó en la casa paterna. Aún estaba ahí, en su sonrisa, en su cariño, en su inocencia. De pronto, las palabras de Cristian golpearon en su corazón:

—Su estadía con nosotros, profe, fue solo un año, pero a mí me marcó para toda la vida.

El joven secó con la ternura de un hijo, de un hermano, la lágrima que rodaba por la mejilla de su profesora.

Esos muchachos

No existen límites para el poder del amor.
John Morton

Me parece que aún los veo en el patio del colegio. Ella sentada en la galería con el rostro de frente al sol, conversando y riendo animadamente con sus amigas; su cabello claro se veía aún más rubio con el reflejo del astro rey. Él jugando a la pelota en la cancha frente a la galería, a veces sus miradas se cruzaban y ambos sentían como si una corriente eléctrica pasara a través de ellos.

Fue así como iniciaron miradas, coqueteos y risitas; todos lo vimos, eran compañeros, adolescentes, jóvenes; los pololeos siempre han sido comunes en los colegios. Llevarían poco más de un mes cuando estalló la tormenta, los padres de ella se oponían tenazmente al pololeo de su hija, ni siquiera quisieron ver al muchacho. Ella lloraba sin poder entender las razones de sus padres; nada había de malo en que fueran culturas distintas, al final todos somos iguales, lo de la edad le parecía absurdo, era verdad que ella tenía 14 años, pero no estaba pidiendo permiso para casarse; sin embargo, no hubo fuerza humana capaz de convencer a sus progenitores. Sara se encerró en su dormitorio durante ese fin de semana esperando a que la semana y su partida al internado trajera consigo buenas noticias y la posibilidad de estar junto a su amado Reinaldo.

La suerte de Reinaldo no fue muy diferente de la de Sara. Su madre, mujer humilde y ya mayor, miró a su hijo con ternura y hablándole con cariño le explicó que las dos familias eran muy distintas, eso sin contar que ella era una cabra chica, cómoda y mal enseñada. A los ojos de la añosa mujer, Sara no contaba con las cualidades como para convertirse algún día en una mujer de campo, trabajadora y madre de familia; de seguro no sabía ni freír un huevo.

Reinaldo contuvo la rabia que las palabras de su madre le produjeron, pues la respetaba demasiado como para interpelarla. En cambio, sorbió el último trago de café y pidiendo permiso para retirarse salió de la casa en dirección al bosque. Una vez allí, masculló su enojo, mirando al cielo, como buscando la respuesta de sus antepasados. Él no entendía la negativa de la mujer; era verdad que Sara era la consentida de sus padres, pero eso no la convertía en una mala persona, ni mucho menos lo hacía su tez blanca y sus cabellos dorados como el sol. Finalmente, el color de la piel era lo menos importante si dos personas se querían; aunque claro, eso no aplicaba en este caso.

El domingo, ambos jóvenes tomaron sus bolsos y marcharon con rumbo al internado donde podrían reunirse de nuevo sin ser juzgados por el escrutinio de personas egoístas e insensatas. Deseaban verse y contarse cómo habían estado las conversaciones con sus respectivos padres; ninguno de los dos sabía cómo enfrentaría al otro.

Al bajar del bus se vieron, sus rostros reflejaban una sola verdad: no podían estar juntos. Como Romeo y Julieta, estaban separados por más de 400 años de rivalidad, por temas culturales que no eran propios y de los que eran víctimas inocentes. Sara le abrazó aferrándose a él como lo único cierto que tenía en la vida, como un náufrago se aferra a la tabla que le salvará la vida en altamar. Quienes vimos la escena nos conmovimos ante este amor casi infantil que teníamos ante nosotros. Claro que todos pensamos que era un pololeo como todos a esa edad, y por eso nadie reparó mayormente en la oposición de los padres y en los planes que pudieran estar fraguándose en la mente de estas pequeñas almas jóvenes.

Los días venideros paseaban tomados de la mano por el patio, hablaban a ratos, reían, eran una sola unidad; si uno comenzaba una frase, el otro la terminaba. Él comenzó a dar muestras de control de su carácter y se le veía risueño y delicado, con ella como la flor que decoraba el jardín de su corazón. Cada viernes se orquestaba la tragedia cuando debían emprender rumbos diferentes en sus respectivos buses hacia sus hogares; también fue así cuando las vacaciones de invierno hicieron su arribo al patio escolar.

Recuerdo que alguien bromeó a los enamorados si sobreviviesen hasta el retorno del receso escolar; un grupo rio, creo que fue la primera vez que pensé que aquello era más que una ilusión infantil de jóvenes escolares. En parte comprendí la preocupación de los padres de ambos chicos, quienes se habían acercado al colegio a plasmar su inquietud.

Por otra parte, no pude quedar ajena a ese amor tan puro que había nacido entre ellos. ¿Cuántas veces deseamos un amor que desafíe las barreras en este mundo tan individualista y competitivo? Eran ajenos a todo lo que les rodeaba, pero ¿cuánto podrían soportar la presión que giraba en torno a ellos? Él se despidió con un beso en la frente de la muchacha, le murmuró algo al oído, secando sus lágrimas; ella sonrió y subió al bus.

Cuando el receso terminó, los estudiantes invadieron las salas con historias de sus vacaciones y tareas domésticas; las risas y conversaciones lo llenaban todo, pero solo dos lugares estaban vacíos en la sala. Nadie sabía nada de Sara ni de Reinaldo. Se suponía que volverían como todos al internado, pero nadie los había visto llegar, lo cual claramente podía ser una coincidencia.

El miércoles de esa semana, las oficinas del colegio estaban revolucionadas. Los padres de Sara habían ido a buscarla al colegio para llevarla a un control médico y se encontraron con que su hija no estaba allí. Nadie entendía qué había pasado. Ella salió el domingo hacia el colegio, pero nunca llegó. Los padres acusaban al colegio de no informar, pero qué se podía hacer; podría haber sido una ausencia, podía estar enferma, eran tantas las opciones. De inmediato, los ojos se giraron hacia Reinaldo, pero él tampoco estaba en el colegio. Los padres desesperados insistían en que la chica estaba en la casa del muchacho, pero sabíamos que esa madre también se oponía férreamente a esa relación, por lo que esa no era una opción.

Desde la dirección llamaron a la señora Leonor, quien fue consultada por su hijo. La respuesta dejó a todos helados: «Reinaldo estaba en el colegio». El director palideció y a medias balbuceó que no había llegado; ahora ninguno de los dos estaba y ya era oficial: ¡habían escapado juntos! Con tres días para huir, podían estar en cualquier parte. Se avisó a carabineros y se inició la búsqueda de dos menores de edad extraviados.

Se interrogó a amigos, compañeros y profesores, pero nadie sabía nada. ¿Cómo íbamos a saber? Ellos eran su propio mundo y no confiaban en nadie más que en el amor que se tenían; ya todo y todos les habían dado la espalda. El rastreo se extendió por cerca de dos semanas y no se sabía nada de ellos; era como si se los hubiese tragado la tierra. Las madres, ahora obligadas a cohabitar en dependencias de carabineros, se consolaban y animaban ante el dolor que sentían; la culpa las invadía por completo.

Luego de un mes, recibieron una nota de sus hijos. La breve misiva había sido entregada por mano a un conocido que había viajado desde Arica. El texto era escueto y cariñoso.

> *Queridos padres:*
>
> *Primero decirles que estamos bien, y que nadie obligó a nadie. Nosotros acordamos escaparnos.*
>
> *Lamentamos el dolor que nuestra decisión les ha ocasionado, pero no nos quedó otra manera de estar juntos, nosotros nos queremos y tratamos de explicarles, pero no pudieron entender, tal vez por sus propios prejuicios, o por el egoísmo de ser padres, lo cierto es que decidimos estar juntos y lucharemos por esta relación.*
>
> *Quisiéramos decirles que no nos busquen, pero creemos que un padre nunca renuncia a sus hijos.*
>
> *Los queremos, pero no podemos estar separados.*

El padre de Sara estalló en cólera; donde los encontrara, los traería de vuelta y les enseñaría lo que es el amor. La madre de la muchacha lloraba desconsolada, mientras la de Reinaldo comprendía que no los encontrarían.

Carabineros de Arica rastreó la zona y el mensajero, que fue interrogado muchas veces, siempre sostuvo su verdad: la carta fue dejada por Reinaldo con el conserje de su trabajo, aunque él nunca vio al muchacho. De nuevo, no había pistas de ellos. Las familias buscaban incansablemente sin resultados. El tiempo fue pasando y el invierno oscuro y gris dio paso a una primavera llena de colores y vida, pero de los enamorados no volvimos a saber.

Ese año, en diciembre, dejé el colegio. Cada tanto pensaba en ellos o preguntaba a algún excolega si se había sabido algo de ellos. El tiempo fue borrando sus nombres de muchas mentes, y hubo quienes dijeron que la carta había sido un engaño de algún familiar para dar calma a las familias, que nunca se sabría la verdad.

Un día, mientras caminaba por el centro bajo el agradable sol de septiembre, la tranquilidad de mi paseo fue interrumpida por una voz desde mitad de cuadra:

—Profesora! ¡Profesora!

Me giré sobresaltada y ahí los vi. Sara aún tenía su hermosa sonrisa inocente, y el sol daba a sus cabellos claros una luminosidad celestial. Venía acompañada de un mocetón alto, moreno y fornido, sus ojos seguían siendo profundos y su mirada calmada. Venían tomados de la mano. Cuando estuvieron a mi lado, Sara se abalanzó sobre mí, rodeándome el cuello con sus brazos, mientras él reía de buena gana. Pude ver a una pequeña niña de rizos rubios que venía aferrada a su mano; tendría unos tres o cuatro años, tenía los ojos de su padre, pero el pelo y la piel de su madre. Se presentó como Susana.

Nos sentamos en un banco de la plaza y nos pusimos al día sobre los últimos diez años. Me contaron cómo pactaron su fuga paso a paso y cómo se dieron ánimo al despedirse antes de subir al bus. Pasarían esas vacaciones de invierno con sus padres; sería su despedida. No volverían hasta que ellos aceptaran su relación. Se prometieron que se cuidarían y que permanecerían juntos pase lo que pase. Mientras los escuchaba contarme sus hazañas en la clandestinidad, los recordaba cómo eran hace diez años atrás y trataba de visualizarlos en todas las peripecias que describían, cómo se habían asentado en Santiago, cómo habían tramado la idea de la carta desde Arica, pues querían sembrar la falsa idea de huida del país.

Los trabajos que Reinaldo había realizado y la minipieza que se había transformado en su momentáneo hogar. Luego, Sara había encontrado trabajo ayudando en los quehaceres de la casa de una señora mayor, quien había escuchado su historia con atención y, tocada en el corazón por algún recuerdo antiguo, se había decidido a ayudarles. Los había llevado a su casa a cumplir labores de mantención de la casa y el jardín, con la única condición de que estudiaran. Les había enseñado a ser pareja, más allá de la pasión del primer amor. Yo los miraba impresionada.

Me contaron que cinco años después de su fuga habían regresado, casados y con su enseñanza media cumplida. Sus madres les esperaban con un entrañable amor guardado. El padre de Sara, en cambio, había tardado en ceder hasta que vio en Reinaldo a un hombre responsable, cariñoso y preocupado por su hija, quien procuró desde el día en que conoció a su hija no solo hacerla feliz, sino también tratarla como ella se merecía.

Luego de tanta alegría y conversación, nos despedimos. Los vi alejarse tomados de la mano con su pequeña hija en brazos, seguían tan enamorados como hace diez años. Esos muchachos eran los mismos niños de 14 años que un día decidieron dejar todo y a todos por defender su amor.

Divina inocencia

En cada niño se debería
poner un cartel que dijera:
tratar con cuidado, contiene sueños.
Mirko Badiale

—¿Qué te pasa, hijo? —preguntó Alejandra al pequeño que, sentado en un rincón del patio, se negaba a jugar con sus compañeros.

El pequeño elevó sus ojos a la docente y con un poco de vergüenza evidente en su voz, respondió:

—Tengo hambre, tía.

Esa respuesta fue un puñal que atravesó el corazón de la joven profesora. Eran las dos de la tarde. Tomando al pequeño de la mano, lo condujo a la sala y sacando un sándwich y un jugo de su lonchera, se lo pasó al niño, quien no dudó en recibirlo y con su rostro iluminado por la felicidad, agradeció a su maestra por aquel precioso regalo. La profesora conmovida acarició los cabellos arremolinados del niño.

Una vez que hubo terminado su alimento, la profesora preguntó:

—¿No almorzaste?

El niño, sacándose las últimas migas del chaleco, respondió:

—No, tía. Mi mamita estaba durmiendo y no quise despertarla. Es que anoche tuvo una fiestecita y estaba cansada.

Sería la primera vez de muchas veces que escucharía esa palabra. Sonrió a su profesora y salió corriendo a jugar antes del toque de timbre.

El cielo estaba gris y de a ratos descargaba fuertes nubarrones de lluvia, que acompañados del enérgico viento que reinaba, hacían imposible caminar por la calle sin quedar empapado.

Los pequeños estudiantes entraban corriendo al hall central, sacudiendo parkas e impermeables, dejando paraguas y otros implementos, muchas veces improvisados, para evitar el diluvio de aquella mañana. Al toque de timbre, formados uno a uno fueron ingresando a su sala. Alejandra los miraba enternecida; eran niños de cuarto básico que habían logrado despertar en ella toda su ternura. Cuando hubieron saludado y luego de los minutos de comentarios sobre cómo cada uno estaba enfrentando el temporal que se había desatado aquel día, pudo notar que Matías no había llegado.

Últimamente eran frecuentes sus ausencias, y cada vez era más difícil comunicarse con su madre, pues nunca asistía a las citaciones debido a sus horarios de trabajo, los cuales día a día eran menos flexibles. No pudo evitar hacer un gesto desaprobatorio. Mirando al resto de sus estudiantes con sus caritas ansiosas de empezar, inició la clase de matemática.

Treinta minutos después de iniciada la clase, la inspectora fue en búsqueda de la profesora para informarle que Matías había llegado, solo que había un problema: el niño se había ido al colegio caminando, pues ninguna micro paró y su madre se encontraba durmiendo, razón por la que no lo había llevado al colegio. Alejandra no podía creer lo que escuchaba: el niño vivía a, por lo menos, quince cuadras del colegio, y con la lluvia que había, significaba que había caminado todo ese trayecto y, por supuesto, se encontraba empapado. Le provocó aún más estupor saber que no podían devolverlo a la casa, aunque estuviera todo mojado, por protocolo de seguridad, y su madre tampoco respondía el teléfono para solicitarle ropa de cambio para el pequeño. Debía quedarse así.

Finalmente, lograron comunicarse con otra apoderada, quien una vez informada de la situación no dudó en acercarse al colegio para llevarle ropa seca a Matías. Alejandra prefirió no indagar más sobre las razones que hicieron que su estudiante llegara solo al colegio. Ardía en cólera de solo pensar que pudiera haber una madre tan despreocupada por su hijo. Ese día, al terminar las clases, despidió a todos sus estudiantes con la ternura que era habitual. Cuando Matías iba saliendo, le dirigió una sonrisa y este, con la dulzura que lo caracterizaba, corrió a los brazos de su profesora.

Los días transcurrieron tranquilos y ya no se hablaba del incidente de la lluvia. Matías asistía con bastante regularidad al colegio, aunque difícilmente lograba llegar a la hora. Su madre seguía evadiendo las llamadas desde el colegio; sin embargo, se había fijado una fecha para su atención, era de esperar que asistiera esa vez. Días antes de la reunión, Matías se quedó dormido sobre la mesa durante la clase de ciencias. Sus compañeros alertaron entre risas a Alejandra, quien llevaba a cabo un experimento que los tenía muy entusiasmados.

No era una conducta regular en él; de hecho, la clase de ciencias era su favorita y recurrentemente aportaba datos curiosos de algún hecho que concentraba la atención de sus compañeros. La situación preocupó a Alejandra, quien con un gesto de su mano indicó a los demás niños que dejaran dormir a su compañero y que siguieran atentos al experimento. Su corazón estaba inquieto.

Una vez que tocó el timbre, los niños salieron al patio a jugar comentando la experiencia científica que acababan de tener. Alejandra se acercó sigilosa y cariñosamente acarició los cabellos de

Matías, quien poco a poco fue despertando. Se restregó los ojos y entregó una sonrisa pura e infantil a su maestra.

—Lo siento tía, me quedé dormido. Tenía mucho sueño porque anoche mi mamá tuvo una fiestecita y su música y la risa de los tíos que fueron no me dejaron dormir. ¿Me disculpa, tía? —dijo Matías.

El corazón de Alejandra se apretó en su pecho mientras disimulaba la mezcla de sentimientos que le invadían. Asintió con la cabeza y vio cómo el pequeño se reencontraba con sus compañeros en el patio de juegos. Una lágrima rodó por su mejilla y al secarla sintió la furia que le provocaba esta madre displicente, a quien su hijo le perdonaba y justificaba todo. Le llamaba la atención cómo en ese mundo de inocencia en el que él vivía no había espacio para los reproches hacia su madre.

Tomó el teléfono y marcó, esperó el pulso y una voz ronca y somnolienta contestó desde el otro lado del aparato. Dejando de lado toda formalidad, le informó a la voz del teléfono que, de no presentarse esa misma tarde en el colegio de su hijo, sería denunciada por vulneración de derechos. Se produjo un silencio y la voz que primero se había mostrado indiferente y molesta aseguró que allí estaría. Colgó sin despedirse.

Notaba que estaba molesta, sentía que era un tren desbocado y que podía llevarse por delante a todo y a todos con tal de proteger a este niño. Salió en ese estado con dirección a convivencia escolar y una vez dentro de la oficina planteó los últimos acontecimientos. La sicóloga tomaba nota mientras la asistente social no daba crédito a lo que oía. Afuera, los juegos y risas infantiles eran el contraste entre la realidad y la inocencia de la infancia.

Cuando regresó a la sala estaba más calmada, pero se sentía ansiosa quería enfrentar a esa mujer que tanto daño le hacía al pequeño Matías. Quería decirle lo maravilloso que era su hijo y lo egoísta y mala madre que era ella. Logró concentrarse de nuevo en su clase y retomó el ritmo de trabajo con sus estudiantes.

Cuando el reloj marcó las 18 horas y los niños debían irse, la despedida fue interrumpida por la inspectora, quien avisó que Matías tenía que esperar a que su madre terminara la reunión en el colegio antes de irse. Al oír esto, el rostro del niño se iluminó y preguntó emocionado si su mamita estaba allí. Antes de esperar la respuesta, corrió con sus bracitos abiertos hacia el *hall* central. La escena enterneció a Alejandra, era evidente que ese niño amaba a su madre profundamente. Entonces, ¿por qué ella era así con él? ¿Acaso no veía lo que era tan obvio para todos los demás? Con muchas preguntas en la mente, dejó su sala y se dirigió al *hall*, era el momento de enfrentar a aquella mujer.

Al llegar al hall, Alejandra se encontró con su alumno, abrazado a una mujer bastante joven, que rondaba los treinta años, aunque era difícil asegurarlo. Vestía calzas aleopardadas y unos tacones demasiado altos, que estilizaban su figura notablemente, y el escote de su blusa era bastante revelador. Sin duda, no era como las mamás a las que Alejandra estaba acostumbrada a entrevistar. Pegado a ella estaba Matías, a quien la mujer apartó con la mano, y dirigiendo una mirada furiosa a la profesora, exclamó:

—Usted quería hablar conmigo, aquí estoy.

El tono desafiante de su voz indicaba que estaba más preparada para el enfrentamiento que cuando habían hablado por teléfono. Alejandra le indicó el camino hacia la dirección y, dirigiendo una sonrisa al pequeño, le dijo que esperara a su madre en el patio. El niño asintió y se fue corriendo a jugar.

Una vez en la oficina, la mujer se encontró con la directora, la asistente social y la psicóloga, quienes le explicaron las razones por las que había sido convocada: descuido, vulneración de derechos y riesgo de denuncia. La mujer escuchaba tranquilamente, imperturbable ante las acusaciones. Cuando llegó su turno de hablar, cuestionó lo que las profesionales habían hecho durante el tiempo que ella «supuestamente» había vulnerado los derechos de su hijo:

—¿Cómo van a probar las acusaciones? Reconozco que existen registros de llamadas y citas a las que no asistí, pero más allá de eso, ¿cómo justificarán cada una de las acusaciones? ¿Basadas en el relato de un niño de ocho años que fácilmente podría haberse desvelado jugando con el celular y luego inventar una historia para justificar quedarse dormido en clases?

Cada palabra de la mujer desconcertaba aún más a Alejandra, quien no podía salir de su asombro ante las declaraciones de aquella enigmática mujer.

Una vez que terminó su intervención y ante la evidente sorpresa de quienes la estaban entrevistando, la mujer tomó sus cosas, las miró de manera burlesca y manifestó que no tenía tiempo para seguir charlando con ellas. Se levantó y salió de la oficina. La frustración era evidente, ya que no se habían tomado acciones desde aquel primer acto en el que el niño llegó sin comer, y una serie de errores administrativos dejaban a esa despreocupada madre en una posición de control. Solo quedaba estar atentas a lo que ocurría de ahí en adelante y tomar los resguardos pertinentes.

Alejandra salió de la oficina sintiéndose derrotada, triste y vencida. Se culpaba por no haber dejado en evidencia toda la situación. Aunque sabía que no era la única responsable, se había dejado llevar por la sensibilidad del momento y eso le pasaba la cuenta. Se dirigió a la sala de profesores; era viernes y pensaba descansar, dejando para el lunes la tarea de resolver toda esta situación.

El fin de semana se convirtió en una tortura de autorrecriminaciones para Alejandra, quien no podía dejar de imaginar la vida de su pequeño alumno Matías, arriesgando su inocencia e infancia rodeado de personas ajenas a su entorno familiar. Le preocupaba que tuviera que participar en las fiestas de su madre y enfrentarse a las visitas de sus «amigos». Temía que la negligencia de esa mujer pudiera ponerlo en peligro. No entendía qué podía llevar a una madre a adoptar tal actitud con su hijo tan pequeño. Eran muchas las preguntas que le robaban la paz. Sentía que debía hacer más, pero ¿qué más estaba en su mano hacer?

El lunes llegó al colegio deseando hablar con Matías para saber qué consecuencias había tenido la reunión a la que había asistido su madre el viernes anterior. Cuando los niños llegaron, los recibió cariñosa y los formó en el patio, notando que Matías no estaba presente. Sus pensamientos fueron interrumpidos por la inspectora, quien solicitaba el libro de clases y le informó que debían registrar un retiro. El corazón de Alejandra se comprimió ante la angustia, y antes de que pudiera decir algo, Matías la abrazaba con fuerza, sosteniendo en su mano una pequeña flor de color violeta.

—Te quiero mucho, tía —le dijo apretándola con fuerza.

Alejandra se agachó para abrazarlo, respondiendo:

—Yo también, mi niño. Pensé que no vendrías.

El niño miró fijamente a Alejandra y respondió:

—Vengo a despedirme. Mi mamá me va a llevar a un colegio que está más cerca de su trabajo, solo vine a despedirme.

Alejandra lo comprendió todo en ese momento. Lo abrazó con fuerza y sintió cómo un torrente tibio empapaba su rostro. No pudo hacer más; no podría retenerlo, no había logrado protegerlo. Pronto, los compañeros de Matías lo rodearon para despedirse entre risas y promesas infantiles. Cuando llegó la hora, el niño sonrió a su profesora, saludó a sus compañeros con la mano y se dirigió hacia el *hall*, donde su madre le esperaba.

Valentina

Un verdadero espíritu de rebeldía
es aquel que busca la felicidad en esta vida.
Henrik Johan Ibsen

Nos resultaba triste tener que seguir citando a esa pobre y pequeña mujer al colegio, a seguir tomando razón del mal comportamiento de su nieta; sin embargo, ella asistía y se comprometía a que las malas actitudes y respuestas de Valentina no volverían a repetirse. Sus ojos húmedos ocultaban la tristeza y la vergüenza de tener que comprometerse a algo que veía difícil de lograr. Su nieta no era una niña mala, lo repetía a sus profesores y se lo repetía a sí misma, como una forma de tomar valor. Su figura pequeña inspiraba ternura y al mismo tiempo generaba más enojo contra esta chica rebelde y desbocada que era su nieta.

Ella se marchaba del colegio, meditativa y cabizbaja; amaba a su niña y no entendía la razón por la que sus padres habían decidido dejarla a su cuidado como quien se deshace de una molestia. La relación no había funcionado, era cierto, pero era hija de los dos; aun así, ellos continuaron con sus vidas y la dejaron atrás.

Al principio la visitaban, pero luego llegaron las nuevas obligaciones, las nuevas familias y se provocó el distanciamiento. La chica se supo una carga y no quiso volver a saber de sus padres, ni reconoció nunca más autoridad en ellos. De ahí en adelante solo rindió cuentas a su abuela, o al menos así debió ser.

Era cierto que Valentina no era una mala niña, pero su ira con el mundo que la rodeaba la expresaba abiertamente contra quien se pusiera en su contra. No había encontrado a nadie que quisiera realmente amargarse la existencia con discusiones que no iban a llegar a nada con esta niña mal enseñada que no se callaba ante nada ni nadie. Fue por esa misma razón que había tenido que irse de su colegio anterior, pues una inocente disputa con una compañera terminó en un gran altercado con el director, quien estuvo a punto de darle un bofetón frente a su altanería.

Su abuela, para evitar mayores conflictos, la retiró del colegio y la llevó a ese liceo técnico del que, al menos, podría sacar una licencia que le permitiera desarrollar un oficio cuando ella no estuviera. Siempre se lo repetía, pero la muchacha la rodeaba por el cuello en un abrazo que emocionaba a la anciana mujer, quien le hacía prometer que sería la última vez y así hasta que la última vez se transformaba en la próxima vez.

Lo intentaba, era cierto, pero cuando un problema se le presentaba no solo estallaba en furia por la situación que la afectara en ese momento, sino por todo. El cariño perdido de sus padres, los años de su abuela que era la única que la aceptaba y quería sin condiciones, la incomprensión de un mundo que la rechazaba por su carácter y su forma de ser, y el dolor de no poder mostrarse sensible ni frágil. Era una autoimposición de ser siempre fuerte frente a todo evento para evitar que los demás abusaran de ella al verla vulnerable. Llegando a convencerse de que los demás tendrían que adaptarse a ella y que no era necesario cambiar, pues ella estaba en lo correcto.

Recordaba que cuando conoció a Cecilia, su profesora jefa, su impresión era la misma que de todas las anteriores y no le pareció que tuviera siquiera que esforzarse por actuar diferente. Sí le extrañó cuando sus nuevos compañeros, quienes ya habían demostrado muy poca valoración por varios de sus profesores, cambiaran su actitud ante la llegada de esta mujer joven y pequeña. De hecho, de no ser por el delantal, no había mayores diferencias entre ellos. Era incluso difícil calcular su edad. Notó que la profesora la miró y se presentó tratando de parecerle simpática. Respondió a sus preguntas de mala gana y sin prestarle mayor atención. Durante la clase, sentía que los ojos de la profesora estaban sobre ella; sin embargo, nunca pudo descubrirla mirándola.

A poco andar, descubrió que debajo de esa cara de simpatía y esa estatura pequeña se escondía una mujer tenaz y muy exigente, que constantemente les recordaba que no quería problemas de ningún tipo con sus estudiantes. Lograba que los apoderados la apoyaran, incluso los más subversivos y difíciles.

Sus estudiantes la respetaban en una extraña mezcla de temor a sus enojos, lo que con el tiempo decantaba en el más puro de sus cariños. Con ella no había demasiadas etiquetas ni protocolos; era exageradamente franca para decir las cosas y vigilaba a sus estudiantes en todo momento. Eran sorprendidos por ella cada vez que hacían algo indebido, incluso cuando estaban fuera del colegio; parecía que nada se escapaba de su control. Tampoco era fácil mentirle, pues sus grandes ojos negros se clavaban en la retina de aquel que estuviera intentando engañarla.

Valentina experimentó el peso de esos ojos negros cuando tuvo la mala idea de copiar en una evaluación de matemática. Al ser sorprendida, simplemente se mostró altanera con la profesora, quien la envió fuera de la sala. Ya en el patio, fue Cecilia quien la sorprendió y, llamándola desde el segundo piso, la hizo acudir a su presencia. La conversación inició tensa y cuando la adolescente quiso evadir a la mujer, como tantas veces hacía con otros, esta la sujetó con firmeza del brazo y le enrostró que no podía irse hasta que la conversación concluyera.

Valentina sintió que un escalofrío la recorría, y antes de alcanzar a decir nada, su profesora se encontraba diciéndole lo mucho que debía agradecer a su abuela, lo triste que resultaba estar constantemente llamándola debido a situaciones diversas, y que hasta cuándo quería seguir martirizando a esa pobre anciana. Las palabras de Cecilia se clavaban en el corazón de la muchacha como una daga. Antes de darse cuenta, estaba llorando.

Cecilia, al serenarse y con un tono mucho más maternal y confortable, acarició el cabello de la joven. Volvió sobre el tema ahora de manera muy tierna. Sentadas en las tribunas, hablaron de las razones por las que ella era así y concluyeron si eso era lo que quería para su vida. La joven turbada negó con la cabeza mientras una sucesión de hechos, peleas y problemas desfilaban en su mente como imágenes de la película de su vida. Pensaba concentrada en cada uno de aquellos episodios y la voz de su profesora lo llenaba todo. Había en ella una mezcla de firmeza y dulzura. Se secó las lágrimas y con una mirada casi suplicante dijo a Cecilia:

—Quiero cambiar.

Cecilia asintió y le manifestó que lo primero que debía hacer era reconocer sus errores, empezando por intentar copiar en una prueba e indicándole el camino a Valentina, se dirigieron en silencio hacia su sala, donde la muchacha se disculparía con la profesora, asumiendo la nota que merecía.

Valentina estaba turbada, se había mostrado sensible con su profesora; sin embargo, no se sentía molesta ni mal, al contrario, era como si se hubiera quitado un peso de encima.

Los días transcurrieron en calma y cada día que pasaba ella era más parte de su nuevo colegio. No había sumado nuevos conflictos a su hoja de vida, sus profesores se sentían a gusto con su desempeño y sus notas empezaban a reflejarlo. Cada cierto tiempo se la veía conversando animadamente con Cecilia por el patio. Luego de unas semanas, notaron que se reía sola cada vez que salía al patio; tal vez el amor había tocado su corazón.

Sebastián era un joven alegre, buen futbolista, cariñoso y respetuoso. Es cierto que alguna vez se había visto envuelto en uno que otro problema, pero nada que lo hiciera estar en conflictos con sus profesores o con el colegio. A él, Valentina no le era indiferente, sino que, por el contrario, se sentía muy atraído hacia la personalidad de esta chica irreverente y poco convencional. La miraba cuando estaba en el patio, primero a distancia; de a poco se fue valiendo de distintas artimañas para acercarse a ella, un amigo en común, un saludo furtivo, cualquier cosa era motivo.

Antes de que pudieran darse cuenta, ya conversaban; la química era evidente entre ellos. Cecilia los miraba de reojo y sonreía, no sin cierta preocupación, total hasta el momento solo eran amigos, no se veía que hubiera una relación entre ellos aún. Es que Sebastián guardaba un pequeño secreto: aunque era estudiante del colegio, recién cursaba séptimo básico, mientras que Valentina estaba en segundo medio (hay edades en que esas diferencias se notan).

Transcurrieron las semanas de manera tranquila, los estudiantes ya sentían la llegada de la primavera y el patio se vestía de luz para recibirlos en cada recreo, llenos de nuevas historias y anécdotas que contar. Algunas nuevas historias nacían, otras finalizaban; la vida seguía su curso. Fue uno de esos días en que la calma se vio interrumpida por un escándalo de gritos y amenazas en la puerta de entrada del colegio.

Los estudiantes que compartían el recreo quedaron sorprendidos ante el nivel de alegatos en ese lugar, pero los vidrios empavonados de la puerta les impedían ver qué era lo que ocurría. Los inspectores iban y venían, y el administrador se apresuró a irrumpir en la escena. Cuando los gritos se calmaron, los inspectores de patio salieron a dispersar a la multitud de curiosos que aguardaba en la puerta para conocer al gestor de tal escándalo.

Los estudiantes regresaron a sus salas al sonar del timbre, sin obtener la noticia deseada; el patio volvió a la calma. Sebastián fue llamado a la inspectoría, su madre necesitaba hablarle. El joven caminó por el patio cabizbajo y en silencio, sabía por qué estaba ahí y que nada de lo que dijera cambiaría la forma de pensar de su madre. Al verlo entrar, la mujer lloraba, pero de rabia. Momentos después, Valentina ingresó a la misma oficina para reunirse con quienes estaban allí.

—¿Cómo mi hijo iba a tener una relación de ese tipo con esa niña cuatro años mayor que él? Él es solo un niño y ella ya es una mujer, si era cosa de verla.

Los argumentos de la mujer aumentaban con cada instante, al igual que los descalificativos que utilizaba.

La intervención de la mujer fue interrumpida por la voz enérgica de Sebastián, quien observaba cómo cada cosa que su madre decía era una daga en el corazón de su polola. Tomándole la mano con fuerza, dijo:

—¡Yo quiero a Valentina! Y nada de lo que digas va a cambiar eso. Tal vez no duremos mucho, tal vez duremos para siempre, pero queremos intentarlo.

El tono denotaba decisión; ya no era su niño quien hablaba, sino un hombre dispuesto a defender lo que sentía contra todo pronóstico. El rostro de Valentina se iluminó; ya no se sentía sola.

Descansó sabiendo que no tenía que enfrentar al mundo sola; comenzaba un camino de la mano de Sebastián.

El inspector habló con los muchachos sobre los cuidados que debían tener, sobre todo de amor y respeto. La madre del joven comprendió que ya no podía hacer más que aceptar, apoyar y cuidar. Su hijo estaba decidido y cualquier tipo de exigencia podría alejarlo aún más de su lado. Cuando los muchachos salieron de la oficina, se consoló diciendo:

—Estas cosas de niños nunca duran.

Los días se convirtieron en semanas, meses y años, y la relación de los jóvenes se fortaleció cada vez más. Crecieron en el amor que se tenían, se cuidaron y respetaron, y apoyaron sus decisiones.

Llegado el momento en que Valentina tuvo que salir del colegio, se prometieron que seguirían juntos y se amarían igual que siempre. Y cumplieron esa promesa.

Pasó mucho tiempo antes de que Cecilia volviera a saber de ellos. Un día, al contestar el teléfono, una voz familiar le saludaba:

—Hola, profe. Tenía tantas ganas de hablar con usted, pero me costó mucho conseguir su teléfono. Quería contarle que estoy trabajando. Cuando Seba salió del colegio, entró a estudiar ingeniería y yo lo apoyo para que termine sus estudios. Tenemos un hijo de un año. Quería decirle, profe, que le agradezco mucho todas las veces que me escuchó, me retó y me dio consejos. Ahora que soy mamá, entiendo todo lo que usted me dijo alguna vez que pasaría. Soy muy feliz.

Escuchar a su exalumna y sentir que había crecido, se había realizado y era feliz llenó el corazón de Cecilia. No volvieron a perder el contacto y pudo ser parte de los logros que la joven pareja iba alcanzando: su matrimonio, la titulación de Sebastián, su casa, el nacimiento de su hija e incluso la excelente relación de la joven con su suegra. Cecilia más de alguna vez se rio de aquello. También pudo ver con orgullo el amor incondicional que la joven mujer le profesaba a su abuela, aquella pequeña señora de mirada dulce que nunca perdió la fe en su nieta.

Murallas de cemento

Libertad: instante alterno
al encierro eterno.
Tovlez

La escuela te prepara para el futuro,
a veces más de lo que quisiéramos.

La puerta principal era una barrera impenetrable que solo podías cruzar si pertenecías ahí o eras previamente anunciado. Cuando la segunda gran puerta se abría, el patio se mostraba ante el público como una gran losa de cemento rodeada de altas murallas coronadas con amplios círculos de alambradas de púa, las cuales no solo evitaban cualquier ingreso, sino también intentos de fuga desde el interior.

Ese era el espacio donde los alumnos se refugiaban en sus momentos de distracción, aquellos en los que no estaban en clase, pensados para el entretenimiento.

Algunos de ellos miraban el patio con ansias de volar, sus mentes divagaban entre un futuro incierto marcado por el costo del esfuerzo y el peso de la carga social. Los vi librando sus batallas, luchando contra los convencionalismos y contra aquellos que esperaban verlos fracasar, quienes les recordaban a diario que hay un círculo del que no puedes salir.

Muchos lograron, a punto de sacrificio, escapar de ese submundo de delincuencia, drogas y prostitución; otros, en cambio, vieron sus intentos caer ante el flagelo constante que los amenazaba.

Los que lograron sortear esos obstáculos formaron familias a las que les inculcaron el valor de la superación. Miraban a sus hijos dormir con la satisfacción de estar haciendo lo correcto, de haber logrado vencer al monstruo invisible que acechaba sus vidas desde la infancia. Atesoraban los recuerdos del tiempo vivido en su colegio a pesar del cemento, pues había sido para ellos las murallas que debían derribar.

Los que no lograron triunfar ante esa batalla silenciosa se perdieron en vicios y éxitos falsos, rodeados de nubes de engaño y peligro. Hasta que la suerte los abandonó y dieron paso a otras murallas, otros patios y otras alambradas, donde la libertad era un privilegio del que ya no podrían disfrutar nuevamente.

Entre cartones

No me duelen los actos de la gente mala,
me duele la indiferencia de la gente buena.
Martin Luther King

Cuando Ingrid ingresó a la sala, pudo ver a Byron tirado sobre la mesa durmiendo. No estaba dispuesta a permitir que de nuevo el joven rebelde estuviera en su clase en esa condición. Se acercó a su lugar y dejó caer el libro de registro con todas sus fuerzas para que golpeara la mesa cerca de él. Byron se incorporó asustado ante la violencia del golpe y, al fijar su vista en la profesora, solo pudo esbozar un gesto de desaprobación y molestia, sabía lo que se venía.

Para nadie era mentira que la relación entre ellos no era buena desde el año anterior. Él era un muchacho rebelde y a veces agresivo, que se jactaba de sus travesuras entre sus amigos. Ella era una profesora intransigente que no toleraba comportamientos de ese tipo en su clase. Aunque al inicio del nuevo año escolar él había intentado acercarse, para Ingrid la suerte ya estaba echada y no creía en cambios tan repentinos en los jóvenes.

Además, le molestaba profundamente que últimamente el profesor jefe del curso y algunos directivos estuvieran tan preocupados por Byron, si ni siquiera era un aporte para el curso, había dicho en más de una ocasión. Sin embargo, sus colegas pasaban por alto sus comentarios, sabían que no llegarían muy lejos cuando se le ponía una idea fija.

Antes de que el muchacho pudiera reaccionar a aquel gesto, Ingrid le llamó la atención y, señalando la puerta, inició su clase. El muchacho se puso de pie con su actitud derrotada y desgarbada y, ante la mirada de sus compañeros, abandonó el salón para refugiarse en el baño, escapando así del control del inspector. Lo último que quería era otro problema. Aguardó allí hasta el toque del timbre y luego se dirigió al comedor para recibir su desayuno.

Una vez entre sus colegas, Ingrid abordó la situación y le mencionó a Andrés lo que había ocurrido y las medidas que ella había tomado. Sintió sobre ella miradas reprobatorias, pero no estaba dispuesta a dejarse amedrentar por sus compañeros de trabajo. Estaba segura de estar en lo correcto y eso era lo importante. Mientras tanto, Byron compartía con sus compañeros. Su actitud ya no era altanera y su mirada triste.

Estaba más callado, distante y tranquilo. Participaba poco en las actividades del colegio y mucho menos en las de sus compañeros. Asistía responsablemente todos los días al colegio y llegaba puntual, aunque su atención no estaba del todo centrada en las clases. Con frecuencia, se quedaba dormido o se encontraba distraído, con sus ojos buscando un horizonte que no era visible para nadie más que para él.

Conforme pasaba el tiempo, las clases de historia se volvieron cada vez más insoportables para el muchacho. Era frecuente la dinámica de los llamados de atención de Ingrid y la calma que él parecía mostrar al principio se transformó en rabia, llevándolo a responder de manera agresiva a cada intervención de la docente. En un momento, se dirigió con furia hacia la mesa de su profesora y le dio un fuerte golpe con el puño, rompiendo parte de la cubierta de la mesa, ante el asombro de sus compañeros e Ingrid. Dio media vuelta y salió enérgicamente de la sala. Este fue el motivo por el cual ella pidió su suspensión. Llamar a su apoderado fue inútil pues no se presentó, y pasados los días de la sanción, el estudiante se reintegró al colegio de nuevo, luciendo flaco y ojeroso, pero nadie parecía notarlo.

Los meses pasaron y Andrés conversó con él reiteradas veces, pero el chico no daba razones de su estado. Las llamadas del colegio a su madre siguieron sin respuesta y las visitas de la asistente social fueron infructuosas, pues o no había nadie en domicilio o nadie abría la puerta. No se podía denunciar vulneración de derechos, puesto que el estudiante asistía a clases con regularidad. Andrés se quedaba sin opciones, sumado a eso, Ingrid continuaba en pie de guerra con el estudiante, lo cual dificultaba aún más poder abordar a Byron. Todos temían que pudiera desertar.

Fue una de sus compañeras, Angélica, quien se acercó a su profesor jefe para contarle lo que el joven vivía. Lo cierto era que ese verano la madre de Byron lo había echado de la casa; su presencia resultaba molesta para Jimmy, su nueva pareja. Sin familiares a quien recurrir y sin el apoyo de su madre, el muchacho no había tenido más remedio que tomar sus pocas pertenencias y acomodarlas entre cartones y nylon en las bases del puente ferroviario.

Andrés no podía creer lo que escuchaba; su alumno, un joven de 17 años, había estado durmiendo debajo del puente, expuesto al frío, al viento y a la lluvia gran parte del año. Esa era la razón de su cansancio extremo, ya que muchas veces se había mantenido en vela para cuidar sus posesiones y su integridad. Por eso asistía cada día al colegio, para recibir los alimentos que allí le daban. Pensaba una y otra vez en la información que acababa de recibir, y muchas emociones se agolpaban en su mente mientras la culpa lo asolaba.

Agradeció la información a Angélica y se dirigió rápidamente a dirección. Una vez allí, informó todo lo averiguado y se activaron todos los protocolos para proteger al estudiante, realizándose las llamadas pertinentes a carabineros y servicios sociales. El inspector fue en su búsqueda al salón del curso; sin embargo, Byron no estaba allí, no había asistido ese día a clases.

Las semanas se sucedieron, como se siguen las estaciones cada año, y siempre la silla de la esquina izquierda junto al sol de la ventana permaneció vacía. Nadie volvió a saber de Byron, ni sus amigos, ni profesores. Cada uno de ellos sentía el remordimiento de no haber podido hacer más por aquel muchacho alto y moreno, cuyo jockey nunca pudo estar bien puesto, sino que siempre de lado. Ya nadie miraba el horizonte distante por la ventana, ni volvía a dormir durante las frías clases de invierno en esa silla donde calentaban alegres los rayos del sol.

Sus compañeros pensaban que tal vez había regresado al seno de su madre. Los menos optimistas pensaban que tal vez un día decidió dejar de luchar contra la corriente de la vida que le había tocado vivir. Otros, en cambio, decían que se había ido porque la profesora Ingrid había terminado por obligarlo a tomar esa decisión, que al final había terminado por aceptar lo que ella tantas veces le dijo:

—¿Para qué? Si total no llegarás a ninguna parte.

Finalmente, de él no se volvió a saber. Lo único cierto era que una profesora ingresaba lozana a la sala 14, se sentaba tranquila en su mesa y, mirando fijamente hacia la silla de la esquina izquierda junto a la ventana, sonreía triunfante.

Soledad

Ningún lenguaje puede expresar el poder,
la belleza y el heroísmo del amor de una madre.
Edwin H. Chapin

Aquellos eran días en los que no se concebía la idea de una madre adolescente en el entorno escolar, por lo que el embarazo a temprana edad era un tema tabú que se «arreglaba» en casa. Generalmente, las jóvenes desaparecían por un tiempo y luego reaparecían con un hermano menor del que nadie tenía mayor idea; en otros casos, ese niño desaparecía, enviado a la casa de algún pariente que viviera en otra ciudad. Los menos afortunados nunca abrazaban la vida.

Recuerdo verla caminar por los pasillos del liceo. Sus grandes ojos celestes verdosos contrastaban con su piel morena y sus cabellos dorados. Su sonrisa inocente de niña de primer año le daba un aire angelical a la curiosidad propia de explorar la vida secundaria.

Fue durante esas primeras semanas que él notó su presencia. Nosotros lo conocíamos, había sido nuestro compañero los últimos tres años. Tenía una personalidad algo compleja: era alegre, extrovertido, a veces demasiado. Su estadía en el país del norte le daba cierto aplomo frente a sus demás compañeros, lo que a veces se percibía como petulancia. Los hombres de su curso lo miraban con cierta indiferencia debido a que les resultaba molesta su fanfarronería, la misma que atraía a muchas chicas, por lo general más jóvenes, puesto que las demás ya conocíamos su peculiar personalidad.

No pasó inadvertido para Soledad, quien recibía visitas constantes cada recreo, pequeños regalos y disfrutaba de paseos interminables llenos de risas y chistes por el patio. Fue así, gradualmente como la caída de una hoja en otoño, que Soledad, la niña de grandes ojos verde azulados, entregó su corazón a ese joven de pelo rizado, palabra fácil y sonrisa amplia. Se les veía caminar de la mano, sumidos en conversaciones donde dibujaban castillos en el aire.

Cuando el invierno llegó, las caminatas por el patio cesaron y el frío de la estación también fue enfriando las atenciones. A los detalles románticos les siguieron los celos cada vez más explosivos de él, y a veces se veía a Soledad entrar a clases con una que otra lágrima resbalando por sus mejillas. Algunas veces intentamos hablar con Fernando, movidas quizás por la ternura que Soledad nos inspiraba o tal vez por lo duras que eran sus palabras, que atravesaban el pasillo del patio durante aquellos recreos de discusión. Sin embargo, ese lado de su personalidad, no mostrado a simple vista, no era fácil de flanquear.

Fue a mediados de invierno cuando el rumor cobró fuerza. Se les veía discutir a menudo; ella lloraba en el patio mientras él ingresaba enojado a la sala. Sus malos modos y su mal humor iban en aumento. Recuerdo que un día se me acercó para comentarme lo que varios ya decían: «Soledad está embarazada». Recuerdo con exactitud sus palabras y su gesto de soberbia y triunfo:

—Ya sabes cómo son estas cosas, simplemente pasan En todo caso, lo conversamos y vamos a apechugar. De una o de otra manera lo queríamos.

Recuerdo haber estallado en cólera con solo oírlo. No era lo que decía, sino su postura corporal, su discurso de macho dominante, demarcando territorio y propiedad.

—¿Cómo pueden quererlo? ¿Tú eres tonto? Tiene 13 años, ¡es una niña! Todo será mucho más difícil para ella ahora. No puedo creer que hayas sido tan egoísta.

No pude seguir hablándole, su sola presencia me irritaba. Me ponía en su lugar, imaginando lo que vendría a continuación, pensando en todo lo que pasaba por su mente. La veía tan pequeña y sola. Sus amigas se habían marchado una tras otra, dejándola enfrentar sola una relación absorbente. Aunque nunca fuimos amigas, sentía por ella una simpatía de hermana.

Cuando llegó el momento de enfrentarse a sus padres, ella pidió ayuda a su hermana mayor, Adela, consciente de que no sería fácil tratar con su padre. Él, hombre de esfuerzo y trabajo, veía en sus hijas realizado el futuro y las posibilidades que no habían tenido junto a su mujer. Soñaba para ellas, una carrera, un futuro que les permitiera libertad económica y no la subyugación de la obligación de llevar el pan a la mesa.

Amaba a su familia por sobre todas las cosas, pero era un padre duro hecho en el rigor de la vida, había aceptado ese pololeo a regañadientes, pero había algo de Fernando que no le gustaba, tal vez lo mismo que veían los demás, su actitud canchera o la displicencia ante la responsabilidad propia de personas que se creían más acomodadas que el resto de las personas y por ende sus dueños, quizás algo en su interior trató de advertirle, eso no lo sabría ya.

Les sorprendió que Adela llegara a la casa esa mañana. Su actitud no era la de costumbre, se notaba tensa; sin embargo, trataba de disimular. Durante la hora de la once ambas hermanas se miraban angustiadas y Elías no pudo seguir simulando que nada pasaba. Mirando fijamente a Adela, les interrogó. Soledad ahogó el llanto y pidiéndoles perdón a sus padres, les dijo que estaba embarazada. Su madre cubrió su rostro con ambas manos y antes que alcanzara a decir nada, vio cómo Elías estrellaba su mano callosa en el rostro de su pequeña. Trató de intervenir, pero ya era tarde, la había tomado del brazo y seguía golpeándola, ante los esfuerzos de Adela por evitarlo.

Los gritos de las mujeres se mezclaban con el llanto de la joven y las maldiciones y retos del padre. Marta logró zafar a su hija de las manos de su padre y Adela se puso delante de él recordándole que debía tomarlo detenido si continuaba, su voz era dura y su expresión ya no era la su hija, la autoridad que lucía frente a su padre se la daba el uniforme que portaba con orgullo. El padre, volviendo en sí, se sentó y tomando su cabeza en ambas manos empezó a llorar, como un niño desconsolado, como un hombre que siente que ha sido derrotado.

Marta acompañó a Soledad a su habitación. Aunque pensó en reprenderla, al verla acurrucada en su cama, con las manos sobre su vientre, se sentó a su lado y con dulzura acarició su cabello. «Trata de entender a tu papi», fueron las únicas palabras que le dijo antes de sumirse en un profundo silencio, cada una enfrentando sus propios temores.

En los días siguientes, hubo reuniones constantes en el colegio y con médicos, obtuvieron certificados y acordaron un plan de acción. Surgió la pregunta incómoda sobre cómo manejar esto con el resto de los estudiantes. Elías, que había permanecido en silencio todo ese tiempo, miró a los presentes con determinación y dijo:

—¡Mi hija no es la primera ni será la última estudiante que queda embarazada!

La firmeza de su voz dejó claro que no excluirían a su hija del colegio mientras pudiera asistir. Y así se hizo.

Los fríos días de invierno llegaron sin piedad, y contrario a lo que algunos profesores más conservadores suponían, Soledad se encontró rodeada del amor y la preocupación de sus compañeros. La relación con Fernando fue empeorando y cada vez se les veía menos juntos. Ella buscaba refugio en el afecto de quienes la rodeaban, pero una sombra de tristeza oscurecía sus ojos verde azulados.

Semanas antes del parto, Soledad dejó el colegio. Fue despedida entre globos, flores y regalos. Se dedicó a esperar el momento en que su pequeño llegara a este mundo. Mientras tanto, Elías guardaba la ilusión del varón que la vida le había negado y, junto a su esposa, ahorraron durante meses para comprar un coche de paseo. Un día, entraron al comedor y llamaron a su hija que estaba en su dormitorio. Al verlos, Soledad estalló en llanto y se fundieron los tres en un abrazo sin tiempo, un abrazo que no necesitaba palabras para expresar el amor y el orgullo de sus padres por ver a su hija convertida en una mujer que estaba dispuesta a enfrentar al mundo por defender a su bebé.

El día en que el pequeño Tomás nació coincidió con el día en que Fernando partió rumbo a Santiago. Su familia había determinado que así fuera y él no opuso resistencia, ya que no estaba dispuesto a renunciar a su libertad.

Cuando colocaron al pequeño en los brazos de su madre, ella lloró de alegría y de orgullo. Sabía que ya nunca estaría sola, que se tenían el uno al otro y que daría su vida por sacar adelante a su hijo. De sus ojos, del color del agua, brotaban las mismas lágrimas que dieciocho años después mojarían el rostro de su hijo al verlo partir en un autobús rumbo a la escuela militar. Los días difíciles que habían puesto a prueba su capacidad para enfrentar la adversidad quedaron atrás. Su hijo era ahora un hombre. Miró el autobús alejarse y sintió que algo se rompía en su corazón, pero no era tristeza, era orgullo. Se dijo a sí misma «lo hice» y mientras sonreía con la mano en la boca, repitió: «No, lo hicimos», y tomando la salida, abandonó el terminal de autobuses rumbo a su hogar.

Antonia

La vida es muy simple, pero insistimos
en hacerla complicada.
Confucio

Esperaba ansiosa cada mensaje; el sonido de Messenger era el bálsamo que iluminaba sus días. Gastón era todo lo que, en su inocencia de niña, esperaba: atento, gracioso, caballero y, a sus ojos de niña, lindo —un muchacho alto, delgado, de cabello castaño y sonrisa transparente—. Ya llevaban dos meses de comunicación; era como un pololeo, pero desde la virtualidad. Ese día sería especial: iban a encontrarse en el centro después del colegio.

Se despidió de su madre con un beso y corrió presurosa para tomar el transporte público, sintiendo que ese día formalizaría esa relación inocente que había surgido desde la mensajería de Facebook. Su corazón se aceleraba solo de pensarlo.

Al llegar a la sala, trataba de contener su inquietud, pero cada cierto tiempo se descubría sonriendo sola o mirando por la ventana los pequeños rayos de sol que iluminaban el patio invernal.

No pasó mucho tiempo antes de que sus amigas notaran que algo pasaba. La presionaron todo el día hasta que lograron la confesión. Adriana, una muchacha de larga cabellera rizada y pecas oscuras, era una enamorada de la vida y creyó que aquello era lo más dulce y romántico, mientras que Soraya miraba con desconfianza ese encuentro. Aunque Soraya se ofreció a acompañarla, Antonia se negó y, con una enorme sonrisa, le enrostró que veía mucha televisión.

Para Antonia, las horas no pasaban y las clases eran una tortura que la separaba del momento que tanto tiempo llevaba esperando. Cuando sonó el timbre de las 16 horas, ella estaba lista. Soraya le comentó que también iría al centro; en su fuero interno, quería cerciorarse de que todo estaría bien. Antonia asintió con una sonrisa.

Esperaron inquietas, buscando en cada rostro la cara de Gastón. De pronto, entre la gente que bajaba de una micro de color lila, descendió un muchacho delgado, alto, de pelo claro, vistiendo el uniforme escolar. Antonia soltó una exclamación de alegría y, acercándose a su amiga, le dijo:

—¿Viste? —sin ocultar un tono burlón.

Al llegar el muchacho, se asombró ante la presencia de esta acompañante, pero Antonia se adelantó a explicarle que su amiga ya se iba. Soraya sonrió incómoda y, acercándose a su compañera para despedirse y casi en una súplica, le pidió que le enviara su ubicación en tiempo real. Antonia asintió y se marchó en compañía del muchacho a la esquina. Antes de cruzar, volteó y dirigió una mirada alegre a su compañera. Soraya las vio perderse abriéndose camino entre la gente.

Por otro lado, Ida vio pasar de largo la última micro de recorrido rural que debía traer a su hija a casa. Nunca perdía la micro, y ya eran las 20. ¿Cómo podía esa niñita hacer eso y quedarse en Temuco? No recordaba que le hubiera dicho que iría a casa de alguna de sus amigas. El día ya se cerraba sobre los cerros y la señal de teléfono no le permitía establecer comunicación con su hija.

Los minutos hacían la espera cada vez más larga, y en su desesperación decidió preguntar en el grupo de apoderados si su hija estaba en alguno de sus hogares. Su voz ahogaba la angustia y la desesperación de sus temores de madre. Los segundos posteriores al envío de su mensaje de voz fueron eternos. Cuando las respuestas negativas empezaron a llegar, su mundo se derrumbó sobre ella. Lloraba y suplicaba a Dios que protegiera a su niña.

Un llamado la devolvió a la realidad: los padres de Alex se ofrecieron a ir al campo por ella, mientras que otros padres organizaron cuadrillas de búsqueda para salir a recorrer el centro. Las autoridades del colegio fueron alertadas y, tan pronto como todo se articuló, las redes sociales se inundaron de fotos con su rostro, nombre y teléfonos de contacto. Sus compañeros intentaron comunicarse con ella en vano, pero el teléfono seguía sin dar tono, nadie sabía dónde podría haber ido.

En su habitación, Soraya intentaba con desesperación comunicarse con su amiga. Se recriminaba por haberla dejado ir sola con un desconocido, por haber guardado el secreto de este amigo virtual y por no haber insistido con la solicitud de ubicación. Cuando la angustia se apoderó de ella, rompió en llanto y corrió hacia su madre, le contó lo que sabía y sintió que su complicidad había puesto en peligro a su amiga.

Las horas pasaban inexorablemente. Carabineros, apoderados, familiares y amigos buscaban incansablemente en diferentes lugares de la ciudad. Sus pasos los dirigieron al parque Cautín, donde los guardias revisaron las cámaras. Después de unos minutos, lograron dar con la imagen de una niña que podía ser Antonia, pero su acompañante no era un muchacho, más bien parecía un hombre. No había complicidad entre ellos, pero tampoco resistencia. El registro mostraba la hora de ingreso: 17:30, pero no había registro de salida. ¿Dónde estaba? Los esfuerzos se centraron en peinar la zona.

El lugar era oscuro, el suelo húmedo y el olor del ambiente se cargaba de encierro. Se sentía mareada y, a lo lejos, escuchaba a dos hombres hablar. Uno exigía dinero y el otro argumentaba que era mucho. No se podía dudar de que estaban haciendo una transacción. Trataba de ver, pero la oscuridad era absoluta. A su alrededor, el silencio solo se rompía con las voces de los hombres. Quería entender.

De pronto, algunos recuerdos la invadieron. Volteó en la esquina y vio a Soraya, le sonrió. Caminaron una cuadra, en el semáforo, la luz roja, un auto en la esquina. La puerta se abre, una mano la toma, Gastón la empuja, un pañuelo en la nariz y solo oscuridad. Le dolía el cuerpo, se sentía mojada, de a ratos sentía que un olor metálico emanaba de ella. Las lágrimas mojaban su rostro, recordó la voz de Soraya: «Envía tu ubicación». Buscó en su bolsillo del polar, su teléfono estaba ahí, lo encendió como pudo, abrió WhatsApp, enviaba un audio cuando fue descubierta. Un golpe la noqueó, no sabía si había logrado enviar la ubicación.

Un mensaje breve y desesperado fue recibido por el grupo de amigas «tengo miedo, hay dos hombres, no sé dónde estoy» de nuevo el silencio y la señal perdida. El grupo estaba revolucionado, era su voz estaba viva pero dónde, de nuevo el mutismo en la línea. El reloj daba las 24, de las cuadrillas de búsqueda quedaban los más cercanos, sus padres se negaban a marcharse, pese a los llamados de carabineros, seguían buscando a orillas del río, de pronto su mochila, seguida de su teléfono, el terror se apoderó de Ida quien se consolaba pensando que no estaba su cuerpo, estaba viva lo sabía.

La luz del nuevo día dejaba a todo el curso sumido en la desazón y la tristeza. Ida, la mirada perdida, tocaba las cosas de su hija, negándose a la resignación. De pronto una llamada, debe dirigirse a la comisaría, encontraron a una niña con las características de Antonia. El camino fue interminable, al entrar, la tomó en sus brazos y le besó el rostro tantas veces que limpió su cara sucia de tierra y lágrimas. La niña no parecía reaccionar su mirada perdida y cuerpo cansado daban pistas de lo ocurrido.

Una mujer carabinero le explicó que debía ser llevada al servicio médico para constatar lesiones, salieron en silencio en el radio patrulla. La revisión fue minuciosa, delicada y la espera eterna, Ida se negó a separarse de su hija. Los informes confirmaron lo que ya era una realidad sospechada, Antonia había sido drogada y abusada sexualmente. Mientras la facultativa explicaba a Ida, ella solo miraba a su niña a través del cristal, adentro de la habitación Antonia sentía un rayo de luz que se colaba por la ventana, pensaba en sus doce años, sus amigas, el colegio, en la primera ilusión rota en un joven guapo y sonriente que tomó su mano y la condujo a un lugar oscuro del que no podría salir, las lágrimas empapaban su rostro.

Amor de padres

La clave en la sobreprotección
está en ser conscientes de que los padres
tienen más miedo que sus hijos.
Rafael Guerrero

Cuando los vimos entrar por la puerta del hall, pudimos notar a una pareja de padres preocupados por la salud y la integridad de su hija. Nada llamó nuestra atención hasta la primera reunión en la que expresaron una serie de condiciones, entre las que estaban: impedir el contacto de su hija con aparatos tecnológicos sin supervisión, informar de cada una de las decisiones y formas de trabajo con la estudiante, no hablar a solas y sin supervisión con su hija, evitar los trabajos en grupos a no ser que fuera con estudiantes que ellos conocieran y, sobre todo, no indagar en la vida personal y familiar de su hija (incluyendo su pasado). Todas estas exigencias parecieron descabelladas a sus profesores. Sin embargo, los informes que acompañaban el traslado de la estudiante de su anterior colegio lo respaldaban. Se habló de *bullying* y el cuerpo docente lo aceptó, el resto de la información se manejó a nivel de dirección y convivencia escolar.

De esta manera, Valeska se adaptó a su curso y logró finalizar los tres meses que quedaban sin mayores contratiempos, dando muestras de ganas de aprender y motivación escolar.

Era una niña conversadora, siempre correctamente uniformada. La trenza que coronaba su cabeza le daba un aspecto de ser más alta de lo que en realidad era. Se notaba en ella una extraña mezcla entre niña, adolescente y mujer que le daban una apariencia confusa y enigmática al mismo tiempo.

El siguiente año escolar inició puntualmente en marzo y las salas se volvieron a llenar del rumor incesante de jóvenes llenos de vida y expectativas. El segundo medio recibió a un par de estudiantes nuevos y continuó la dinámica del año anterior. Valeska se notaba retraída y distante de sus compañeras, les miraba de soslayo, prestaba atención a sus conversaciones y se reía de aquellas cosas que llamaban su atención. Era evidente que varias le simpatizaban, sin embargo, era posible notar cómo era ignorada por algunas de ellas.

Otros consideraban injustificada esta situación hasta que fue Mónica, su profesora de inglés, quien comentó las situaciones que se habían generado durante el paseo del año anterior, en el cual varias de las muchachas no habían sido aprobadas para ser sus amigas por sus exigentes padres. Los argumentos iban desde su forma de vestir hasta su forma de expresarse, generando la molestia de las chicas. A pesar de todo, logró hacer amistad con una joven alegre y conversadora de nombre Sonia, que se integraba al curso ese año.

Sus compañeras, al notar la cercanía entre ellas, decidieron advertir a Sonia sobre el tipo de familia que tenía Valeska, pero esta hizo caso omiso y consideró sus observaciones injustas y ofensivas. Las chicas caminaban por el patio y conversaban alegres sobre las cosas que ocurrían a su alrededor. Siempre llamó la atención de Sonia la falta de pasado de su amiga; Valeska solo hablaba de sus padres para puntualizar las actividades que realizaban juntos, pero no mencionaba más familiares, primos ni vacaciones para recordar. Aun así, la muchacha prefirió no profundizar.

Fue un día de abril cuando Valeska decidió presentar a su amiga ante sus padres. Estos la observaron con atención para luego emitir un juicio sin ninguna delicadeza: esa amiga no era para ella, no la querían, no les gustaba. Su falda era corta y su cabellera rizada y frondosa se encontraba suelta de manera pecaminosa. Sonia se sintió ofendida y, sobre todo, decepcionada de la falta de reacción de su amiga ante los insultos de sus padres, así que dio la vuelta y dio por terminada esa amistad. Valeska asintió a todo lo que sus padres decían.

Al día siguiente, la chica se acercó a Sonia pretendiendo que nada había ocurrido, pero la ofendida muchacha le dio la espalda, advirtiéndole que se merecía la soledad en la que estaba sumergida, y se cambió de ubicación en la sala.

Las primeras evaluaciones fueron entregadas ese día y la muchacha se mostró contenta con los resultados. No era la nota que esperaba, pero se sentía satisfecha, pues no había preparado su evaluación completamente. Al llegar a casa, le esperaba su madre, quien se sintió completamente desilusionada por sus resultados. A sus ojos, la responsabilidad no era de su hija, sino de los docentes que no entendían la situación de su hija y los esfuerzos que esta hacía por obtener buenos resultados.

Fue esta situación la que motivó a Jaqueline a escribir el primero de muchos correos dirigidos a distintos profesores cada vez que sentía que la nota obtenida no era suficiente o no representaba lo mucho que su pequeña se esforzaba. De esta manera, a los correos siguieron las entrevistas con distintos profesores.

Este agobio constante obligó a que la información antes retenida por el nivel administrativo empezara a ser conocida por los docentes, a fin de lograr una mayor flexibilidad ante la situación de Valeska, quien se encontraba en un proceso de adopción complejo. Esto llevó a entender que los padres que conocían no eran sus padres biológicos, sino sus futuros padres adoptivos, quienes se habían hecho cargo de ella desde los cinco años, satisfaciendo todas sus necesidades y sanando las heridas del pasado.

Fue en este contexto que Macarena los recibió en una entrevista que, a poco andar, fue transformándose en una avalancha de acusaciones. No había cabida en ese espacio para que la niña pudiera expresar lo que pensaba, pues Raúl no lo permitiría. Era un hombre dominante y machista de unos 60 años, difícil de definir, que había ejercido como docente hacía ya varios años, pero cuyo punto de vista debía ser considerado. No estaba acostumbrado a recibir un no por respuesta, y cuando los argumentos llegaban a su fin, acudía a lo moral, religioso y las amenazas que profería sin culpa alguna.

Jaqueline intentó intervenir sutilmente, pues consideraba que lo que la profesora estaba proponiendo respondía, al menos en parte, a sus demandas; no obstante, fue silenciada por un gesto de Raúl. En ese momento, Macarena entendió la dinámica familiar y comprendió que nada podía hacer para llegar a un acuerdo con él. La reunión se dio por terminada sin lograr acuerdo alguno.

El hombre abandonó la sala envuelto en un halo de ira, se detuvo en el pasillo y habló a su hija; ambos miraron a la docente y salieron del colegio, todo ante la vista de Jaqueline y Macarena. La mujer, aún avergonzada por la escena anterior, miró a la profesora, se despidió y caminó cavilando pensamientos con la mirada gacha tras de su marido e hija.

La llegada de las psicólogas del programa de adopción era la instancia que el cuerpo docente esperaba para evidenciar los tratos del hombre, que iban en escalada de ataques contra profesores y directivos, persiguiendo instalar sus ideas y lograr las calificaciones esperadas por ellos.

A las visitas regulares con quejas diversas, se sumaban los interminables correos firmados por la mujer, quien se ocultaba tras ellos como una mujer resuelta y empoderada de sus ideas, distinto de la realidad que muchos podían observar cuando asistían a reuniones en las que ella era una presencia sin voz, sumisa y silenciosa. Sin embargo, nada de lo que los profesores dijeron sorprendió a las profesionales, quienes ya conocían la dinámica familiar y la actitud de la niña. Peor aún, ellas agregaron datos que dejaron a todos helados.

Dadas las condiciones de dominio que los padres ejercían sobre la niña, los que iban desde prohibir cualquier acercamiento a dispositivos tecnológicos, programas de televisión, música que no fuera la por ellos indicada, contacto con personas de su edad que no pasaran por sus exhaustivos filtros hasta hablar de su vida pasada y actual, y considerando que lo mejor para ella, a pesar de todo, era estar con ellos, desarrollaron una técnica en la que la niña les obedecía por completo cada una de sus exigencias para luego mostrarse tal cual era frente a sus psicólogas.

Este juego macabro llevaba a la muchacha a desarrollar comportamientos paralelos que la mostraban dócil y sumisa con sus padres, pero ahogada y a punto de estallar cuando se hallaba rodeada de pares o profesores. Esto explicaba la conducta que había mostrado con aquel compañero con el que se le prohibió pololear por ser considerado poca cosa por sus padres, pero con el que seguía viéndose a escondidas tras las puertas del gimnasio.

Tiempo después, empezó a mostrar una gran inclinación por distintos tipos de deportes para cultivar su cuerpo. Cambió su dieta y empezó a modelarse como una mujer. Todos sus entrenamientos eran vigilados de cerca por su padre, quien veía esto como su pequeño proyecto personal, llenándose de orgullo y expectativas conforme pasaba el tiempo. Su madre, en cambio, observaba relegada a su espacio cómo su hija iba ganando protagonismo en casa y cómo cada día ella y su padre se transformaban en cómplices más cercanos. Pensaba muchas cosas, pero sin poder decirlas debía masticar su angustia y dolor ante la imposibilidad de haberle dado hijos propios a su marido.

A los constantes reclamos electrónicos emanados por su madre se seguían sumando las quejas presenciales, pero ahora solo asistía su padre, debiendo su mujer permanecer en casa, que era el lugar desde donde podía ayudar a su hija. Las recurrentes discusiones entre ellas mantenían a la mujer sumida en una depresión profunda, dada la creciente distancia que se había instalado entre ellas. A sus fuertes jaquecas y accesos de llanto se sumaban ahora sus frecuentes cambios de humor. Fue tanta su desesperación que escribió un correo a su profesora jefe en el que, un poco sin quererlo y otro poco como clamor, mostraba sus sentimientos de mujer celosa y en continua competencia por la atención de su hombre.

Quienes tuvieron acceso a dicha información no pudieron más que compadecerse de la mujer. Era evidente que algo ocultaban el padre y su hija; sin embargo, ella jamás lo diría. Luchaban en ella el deseo de ser madre y el peso de las apariencias.

No había nada que se pudiera denunciar. Eran solo ellos tres quienes sabían qué ocurría cuando las puertas de la casa se cerraban. Muchas eran las cosas que la pequeña Valeska debió enfrentar en su niñez. Ahora, la vida le presentaba la opción de tener una nueva familia, cualquiera fuera la forma que esta tuviera, y ella no estaba dispuesta a perderla. Como había dicho su psicóloga, en un año más sería mayor de edad y podría decidir qué hacer con su vida, si continuar con sus padres adoptivos o emprender sola un vuelo que la llevaría a donde ella quisiera o pudiera llegar.

A través de sus ojos

Los ojos son el reflejo de tu carácter.
Así que, tu bondad o tu maldad
se refleja en tu mirada.
Mateo 6: 22-23

Abría la puerta con timidez, entraba en silencio y se incorporaba a la clase. No quería ser vista ni siquiera que alguien notara su presencia; era mejor así. Sacaba sus cosas de la mochila y se incorporaba a la clase como queriendo olvidar, evadiéndose de su realidad.

Libros y mochilas eran su refugio de aquel mundo oscuro y siniestro que la rodeaba cada vez que llegaba a su casa. Cada día debía proteger su intimidad de las miradas lascivas de los amigos de su madre, de los sonidos guturales y fiestas fuera de su habitación, de su mente abriéndose a la fantasía para inventar mundos para su pequeña hermana, aquellos donde las madres protegen y aman a sus hijos, y los adultos respetan a los niños, donde los padres cariñosos pueden salvar a sus hijos como príncipes en cuentos de hadas sin final. Pero la realidad era distinta, cruda y sofocante.

Cada día, conforme la hora avanzaba y todos deseaban la salida del colegio, para ella era la cercanía de una condena en la que debía luchar por sobrevivir. Nadie podía conocer su tormento, nadie podría ayudarla.

Hasta que unos ojos misericordiosos vieron el sufrimiento tras los suyos, la luz empezaba a brillar, al fin parecía haber un camino para su existencia. Llegaron los cuestionamientos, las citaciones, y su madre decidió cambiarla de colegio. Tenía mucho que perder y nada que ganar.

Nada volvió a saberse de ella. ¿Adónde irán sus pasos silenciosos ahora? ¿Quién sabrá de su dolor? ¿Cuántas personas notarán su existencia? ¿Será posible que sus ojos se encuentren con otros ojos misericordiosos que interpreten su dolor?

Lecturas recomendadas

La preparación de Jacob. Una aventura entrópica contra un último desafío académico (Luis Alberto Carrillo Benavides)

¡Buen día, profesora! (Clara Wolman)

La profe de pueblo (Navia Iturrieta)

www.ingramcontent.com/pod-product-compliance
Lightning Source LLC
LaVergne TN
LVHW041046150826
845672LV00001B/495

* 9 7 8 6 1 2 5 1 6 0 4 6 1 *